Collection Autres Rives

Données de catalogage

Guimond, Daniel

Pourquoi cela n'arrive qu'à moi ?

(Collection Autres Rives)

ISBN 2-921468-42-5

I. Titre. II. Collection.

PS8563.U55P68 1999 C843'.54 C99-941250-7
PS9563.U55P68 1999
PQ3919.2.G84P68 1999

Illustration de la couverture :

Conception, montage : Laurent Lavaill

4402, rue St-Hubert
Montréal, Québec, Canada
H2J 2W8

Dépôt légal - 3e trimestre 1999
Bibliothèque nationale du Québec
ISBN 2-921468-42-5

Le Conseil des Arts du Canada depuis 1957 | The Canada Council for the Arts since 1957

Cet ouvrage a été subventionné en partie par le Conseil des Arts du Canada et la SODEC.

Nous reconnaissons l'aide financière du gouvernement du Canada par l'entremise du Programme d'Aide au Développement de l'Industrie de l'Édition pour nos activités d'édition.

Pourquoi cela n'arrive qu'à moi ?

Daniel Guimond

Pourquoi cela n'arrive qu'à moi ?

Balzac - Le Griot éditeur
Montréal • Paris

DU MÊME AUTEUR

Les alentours, Trois-Rivières, Écrits de Forges, 1997.
Continuum, Trois-Rivières, Écrits de Forges, 1991.
Ne jamais rien dire, Trois-Rivières, Écrits de Forges, 1989.
Faim plastique, Montréal, éditions Cul-Q, 1978.

À Tristan, Dominic, Nathan et Étienne.

Ce matin, l'aube lance de petits cailloux lumineux à la fenêtre. La lueur rosâtre du jour qui tarde à poindre, mêlée au pépiement des oiseaux, me nargue des quatre coins du ciel. Je vendrais mon âme pour quelques heures de paix et de tranquillité.

Une note est épinglée sur la porte de la chambre. J'ai trop mal aux cheveux pour feindre ignorer ce qui m'attend. Je m'appuie d'un bras, fronce les sourcils, et constate qu'il y est écrit : «FAUT QU'ON SE PARLE.» Cette sommation au goût douteux m'oblige à m'effondrer sur le lit. Elle confirme pourtant mon pronostic. Je hoche la tête de gauche à droite. Je me recroqueville en position fœtale, puis me rendors. J'éprouve aussitôt un plaisir quasiment orgasmique en envoyant valser le réveille-matin qui se met en travers de mon sommeil. J'en ai ma claque.

Dès que faire se peut, je m'extirpe du drap qui me colle aux reins. Je m'enhardis au seuil de ce premier jour de juillet, où il fera certainement bon m'aventurer, avec l'amère sensation du renoncement capital. Je me sens légèrement sonné, mal à l'aise sur mes tibias. L'instinct de survie étant un puissant motivateur, j'approuve la note sur la porte, mais marqué par le manque de volonté dont je suis maître : j'hésite. Est-ce que j'y vais? Oui, non, non, oui! Je renonce, malgré moi, au minimum nécessaire à l'homme pour accéder au bonheur dans la vie : un grain de calme avant le petit déjeuner, des miettes de sérénité pour reprendre la route.

Dans la cuisine, je tombe nez à nez avec Ève. Que fabrique-t-elle ici à pareille heure? J'en ai les bras sciés! Je battrais bien volontiers en retraite. C'est comme ça et je n'y peux rien…

J'ai du mal à sourire. En revanche, je récupère l'usage de la parole et balbutie un : «Bonjour…» vers son visage impassible. Dans un élan de témérité, j'ose même un : «ça va?»

Nous savons que la question n'est pas là. Ce qui tombe à pic, car j'ai d'autres chats à fouetter. J'oblique en baissant la tête et je vais mon chemin sans emphase aucune. Fort heureusement pour moi, la course à obstacles tire à sa fin! Encore une enjambée! Je recouvre la respiration avec soulagement, conscient d'être à deux doigts de me faire baiser par la grâce.

Le soleil remplit la salle de bains d'une lumière capable de décaper les plinthes. La clarté profite de mes facultés affaiblies pour me triturer la cervelle. On dirait que quelqu'un joue avec l'interrupteur. Je me demande jusqu'où je vais sombrer? Notez bien que l'on se trompe généralement à plusieurs reprises dans une vie. Et contrairement à celles ayant trait avec la justice, les démêlées avec la gent féminine présagent parfois d'heureux dénouements. Je m'examine dans la première glace venue tel celui qui revient à la surface après un long séjour dans la soute d'un navire. Je souffre suffisamment pour ne rien bousculer autour, par peur que l'atmosphère ne m'écrase. Il serait d'ailleurs inutile de s'éterniser sur cet état de fait! Disons simplement que les lendemains difficiles sont de plus en plus douloureux : Point!

Je me rappelle mon nom, je sais où je suis, c'est quand même là l'essentiel! Je fais couler l'eau de la douche jusqu'à ce que la température se stabilise et songe à me tailler les poils du nez. Je n'en fais rien. Il n'y a que moi pour vivre des choses aussi lamentables et ne jamais m'en lasser.

Un drôle de bruit retentit alors, quelque part dans l'appartement. Un parasite venu interrompre ma méditation matinale. Loin de m'en alarmer, loin d'envisager le pire, j'en déduis que, par inadvertance, Ève a laissé échapper quelque chose ou renversé un objet contondant. Réflexion faite : elle peut pilonner la baraque, si ça lui chante! Tout casser! Il y a une éternité qu'elle me bat froid! S'il faut mettre le feu pour raviver la flamme au bout du tunnel, ce sera toujours ça de gagné!

De mon côté, je m'engouffre sous le torrent du jet glacé. L'effet est instantané, sinon je me branlerais en sifflotant. Mais pas aujourd'hui! Non mesdames! Je nous épargne la description. Je ménage mes forces. J'ouvre bien grandes les paupières sous la tourmente. Le blanc de mes yeux redeviendra bientôt blanc. Je verrai dans quelques heures se concrétiser le résultat de semaines de labeur. L'antidote à mon cafard me fouette le crâne, le choc aqueux me dégourdit le reste des muscles. Je me fais mousser avec la savonnette en prenant soin d'éviter quelque zone prônant l'exploration. Je m'astique de fond en comble sauf pour l'élément que je viens de donner à entendre. Je ressors initié du rite, sans la moindre égratignure. À toute fin pratique indemne.

Je fléchis un peu les biceps, j'engloutis un verre d'eau, je me masse les gencives du bout du doigt avec du dentifrice. Pour finir, je me rase un contour parfait autour de la mâchoire, avant de me gifler les joues d'une demi-goutte d'après rasage. J'enfile ensuite un peignoir ce qu'il y a de plus mœlleux. J'entreprends le trajet inverse dans le couloir, remonté à bloc, laissant de petites flaques sur mon passage.

La cuisine ressemble à un vrai champ de bataille. J'y fais silencieusement mon entrée qui a l'air d'une invasion à en juger par le sursaut qu'elle provoque. Mes intentions sont des plus nobles : prendre le pouls de la situation, n'entamer la conversation qu'en cas de force majeure… Je m'affaire avec des gestes saccadés à vider le cendrier, donner un coup de torchon par-ci, empiler la vaisselle par-là, entasser les canettes dans un sac qui déborde dessous l'évier.

Ève n'a pas bronché ou si peu depuis tout à l'heure. Je ne remarque rien d'anormal, malgré ce drôle de bruit qui occupe encore une partie de mon esprit. Rien de cassé. Je redoute ce qu'il adviendra quand mon regard croisera le sien. Pour l'instant elle m'ignore. Elle allume une cigarette sans sembler se soucier de ma présence. Cela simplifie ma mission, et je redouble d'attention. Je range les choses à leur place.

La perspective d'une discussion m'accable. Je préfère franchement m'en tenir aux dispositions que j'ai arrêtées. Je me fends en quatre pour lui être serviable.

On ne peut pas dire qu'elle soit très bavarde. Je ferais volontiers fi d'exposer mon point de vue jusqu'à la fin des temps car le petit train-train anodin me va comme un gant. Et dans la mesure ou le premier mot se fait attendre, je m'occupe : la bouilloire siffle, je rajoute du café, je fais gicler du savon liquide sur le tas de vaisselle sale, puis à court d'inspiration, je teste les réflexes de mes globes oculaires au-dessus de la mousse qui commence à grimper dans le bac.

Au bout d'un certain laps de temps, je m'arrache à ma contemplation, me retourne pour lui faire face. Le plus dur en fait, c'est de prendre l'initiative. Il me suffit de la dévisager pendant qu'elle remplit son bol pour que la sueur perle à mon front. Je la fixe intensément. Ce que je vois me paralyse. Je lui conseillerais bien d'aller finir de s'habiller si elle persiste dans son mutisme. Elle est comme ça Ève, pas trop versée sur la pudeur. Des bains d'air qu'elle appelle ça! Je capitule tout en profitant d'une fameuse occasion de me taire. Il n'empêche que je ne suis pas un mufle et au lieu de tourner autour du pot, par acquis de conscience, je tire une chaise et m'assieds.

Du coup elle se lève, propulsée dirait-on d'un siège éjectable. La lumière s'amasse autour d'elle en un halo d'où émane son visage aux traits visiblement tirés. Elle est belle à en croiser les jambes lorsqu'elle me tourne le dos et va se poster devant la fenêtre panoramique. Elle s'y statufie dans la même position où elle passait autrefois des heures à observer les oiseaux. Maintenant on y voit directement l'immeuble d'en face. Elle a les poings enfoncés dans les hanches dont je contemple la symétrie. Ses cuisses se prolongent en une coulée de pur bronze, à la sortie du short qui lui moule vous savez quoi à merveille. Elle soupire de tout son corps, d'un mélange de colère et de résignation. C'est un spectacle particulièrement éprouvant pour moi, à cet instant précis de ma vie.

Je cherche de solides excuses. Je suis coupable, je le sais. De quoi? Fouillez-moi! Je n'ai rien à cacher. Plus je gamberge, moins je vois clair. J'ai perdu la clef de la porte du Paradis sur terre, il ne reste qu'à regarder Ève par le trou de la serrure, la salive à la bouche. Faute d'y être à mon avantage, je bénéficie d'un point de vue hors pair.

Elle lutte contre une force terrible qui sourd de l'âme, un magma en voie d'éruption. Elle écarte ses mains tremblantes, aussitôt ses bras sont parcourus de légers spasmes. Soudain, un poing sorti de nulle part jaillit au-dessus de sa tête et s'abat de plein fouet dans l'immense baie vitrée.

Je bondis instinctivement vers elle, mais le hurlement guttural qui lui échappe me stoppe net. Elle me fait signe de garder mes distances. J'obtempère lorsqu'elle s'éloigne de la fenêtre, assez secoué tout de même. Si la vitre avait cédé, il ne me resterait plus, j'imagine, qu'à attendre l'ambulance en la regardant se vider de son sang à gros bouillons. D'énormes larmes roulent à présent sur ses joues. Elle ne pleure pas, elle souffre et se précipite hors d'atteinte, vraisemblablement vers la chambre.

J'ai beau avoir les sens aux aguets, ainsi que les nerfs en état d'alerte, je ne me sens que partiellement rassuré. Car si elle ne m'a pas tué hier soir, ce n'est pas l'envie qui lui en a manqué. Je vous raconterai ça plus tard. La voilà qui réapparaît avec un mouchoir dans une main. De l'autre, elle serre un paquet de feuilles.

Elle se mouche bruyamment puis se met à farfouiller dans la paperasse qu'elle a posée sur le comptoir. Elle passe du coq-à-l'âne avec une telle rapidité que j'ai peine à suivre le cours des événements. Si je ne m'abuse, son accès de colère s'est résorbé. Elle affiche à présent un calme sidérant. Tout me porte à croire qu'il n'y a rien de tel qu'une tentative de suicide ou de meurtre pour vous redonner confiance. Que va-t-elle me sortir maintenant? Notre correspondance amoureuse? Mes factures à payer? Où diable veut-elle en venir? Non mais! Je le reconnais ce truc-là : c'est mon manuscrit qu'elle porte vers sur son cœur. Quand, cinématographique! Elle recule avec une lenteur calculée dans le contre-jour. Ses sourcils en forme de lance-roquettes me prennent en mire. Du bout des lèvres elle susurre : «L'es... cla... ve... du... dé... sir!» Suivi d'un rire aussi troublant que diabolique.

Elle profite de ma catatonie pour me trouer comme une passoire en lançant mon manuscrit vers le plafond. Mes cent quatre-vingt-sept pages retombent en une avalanche de fœtus qui se dispersent à tout va. Ses yeux pétillent tout à coup. Une lueur trouble s'en dégage : «C'est ça que t'appelles, un roman?», m'interroge-t-elle sur un ton des plus malveillants. «Heureusement que je me suis fait avorter!»

Son sang froid me décontenance, d'ailleurs alors qu'elle me fait part de ses dons de voyance littéraire, je commence à penser que ça ne tourne carrément plus rond. Sans compter que je le trouve joli mon titre!

— Tu n'y es pas du tout mon cher ami!... Alors-là... pas... du... tout!... Je vais te dire ce que c'est!... De la foutaise! finit-elle par m'éclairer.

Je me jette à quatre pattes et entasse illico les pages

pêle-mêle sur la table, curieux de connaître la suite.

— T'es qu'un pauvre mec! vocifère-t-elle. Six mois pour en arriver là?! Eh ben! Dis donc!...

Sur ce, le téléphone sonne... «Ça! C'est pour moi!», lance-t-elle.

Je trouve ce «Ça» plutôt bizarre, si je puis me permettre, surtout qu'elle se lève rarement avant midi. Lorsqu'elle contourne la table et qu'elle arrive près de moi, son sourire me dévoilant autant de fraîcheur que de jeunesse, je sursaute et lui attrape un coude, j'ai envie de l'embrasser juste pour voir. Mais le téléphone qui persiste l'emporte, elle s'éclipse en direction du salon.

Je dispose tout au plus d'une quinzaine de minutes avant de me matérialiser sur le chantier. Il n'y a rien de pire que ces journées passées à se décarcasser sous le soleil qui plombe, en se rongeant les sangs pour un quiproquo.

Bien cramponnée au combiné, elle rit aux éclats et cela commence à bien faire. J'ai beau en avoir jusque-là de nos interminables disputes, je mettrais ma main au feu pour connaître le plus petit indice de ce qu'elle trame.

Il n'y a peut-être plus grand chose à sauver mais j'aime Ève de tout cœur. Si notre relation ne tient qu'à un fil : je m'y pendrai!

Hier, quand on l'a abattu sous mes yeux, je ne disposais d'aucun moyen pour empêcher quoi que ce soit. D'autant plus que Ève et moi traversions une passe particulièrement difficile. Les crevasses qui, depuis belle lurette, lézardaient nos assises, nous menaçaient d'un glissement de terrain, à tel point que j'avais prétexté un soudain malaise pour me tirer du boulot. Je rentrai à l'appartement, résolu à lancer une grande offensive de réconciliation. Mais elle était sortie faire des courses, par une journée ensoleillée, cela ne lui ressemblait, alors là, pas du tout!

Réfugié derrière les baies panoramiques de notre appartement, au dernier étage de l'immeuble bordé d'arbres centenaires, j'attendais son retour en sirotant un whisky. À l'abri de cette vue plongeante sur le square aux allures victoriennes, j'admirai longuement les faisceaux irisés qui dansaient dans mon verre comme dans un kaléidoscope. Des mésanges s'ébrouaient à proximité, folâtrant aux branches du grand érable plaine. Ma présence ne les importunait guère plus que celle de l'homme invisible.

Je descendis chercher le courrier. Je feuilletai le contenu des enveloppes, refrénant l'impulsion de flanquer à la poubelle les notes de téléphone et d'électricité. Les nouvelles désobligeantes arrivant toujours en groupe, un avis signé par le responsable des travaux publics nous annonçait que la voirie se préparait à passer à l'acte.

Je me suis aussitôt remémoré une conversation avec un de nos voisins qui jurait que les arbres, à la source de notre engouement pour cet appartement, finiraient par être coupés. Étant donné qu'on les avait étranglés dans le bitume, m'avait-il confié, cela ne représenterait pas une bien grande perte et ça lui épargnerait de ramasser les kilos de samares qui dégueulassaient annuellement sa voiture.

Autant vous dire qu'Ève vouait une adoration toute particulière à ces arbres. J'avais jugé préférable de garder l'entretien secret. Je vérifiai toutefois la date sur l'avis et sur le calendrier. Nul besoin de chercher plus loin : tout concordait irrémédiablement. Je pliai la lettre, la fis disparaître dans la poche de mon bermuda et tentai de la chasser de ma mémoire. J'espérais seulement qu'elle n'aurait pas vent de cet assassinat avant que je ne trouve le courage de lui en parler.

De tout temps sensible à ce genre d'attention, Ève ne resterait pas froide à mon projet de déjeuner en tête-à-tête. C'était là l'essentiel de ma stratégie, lorsque le bip familier d'un engin motorisé qui recule fit déguerpir mes petits copains les oiseaux. Je me ravisai, et me laissai piquer au jeu; juste en bas, un camion à nacelle manœuvrait en face de l'immeuble.

Il se gara, pour ainsi dire à bout portant. Deux types en descendirent, se déplaçant avec cette lenteur propre aux employés municipaux. Ces deux-là étaient définitivement syndiqués. L'un des deux procéda à la délimitation d'un périmètre de sécurité autour du tronc de l'arbre, tandis que l'autre extrayait un thermos d'un sac planqué à l'arrière de la plate-forme.

Je gardai, en remuant la salade, un œil inquiet sur ce que trafiquaient ces deux envoyés spéciaux. J'allumais le transistor lorsque les ennemis jurés de la nature entamèrent leur gueuleton. Je tranchai du pain, sortis le beurre et préparai une vinaigrette. Puis, tel un chirurgien, je me lavai avec application les mains comme si je voulais éliminer les germes du problème qui était sur le point de devenir le mien. À la radio un journaliste énumérait les catastrophes qui avaient secoué la planète depuis l'aurore : vague d'attentats en série, nettoyages ethniques, hausse des infanticides, baisse du taux de natalité, excès de dépenses au Sénat... Clic! J'en avais assez entendu...

Résolu à parer la table comme pour une fête, je sortis du placard des plats colorés et fouillai dans le dernier tiroir de gauche, à la recherche de quelque nappe attrayante, quand, par le plus pur des hasards, je découvris une pile de magazines, qui – croyez-moi – n'était pas les miens!

J'ai tout d'abord pensé qu'il s'agissait d'un catalogue d'implants mammaires car les nichons, en page couverture, m'avaient l'air d'avoir nécessité une certaine chirurgie. Le panthéon de déesses me confirma la supériorité du corps féminin sur le reste.

Pour un peu, je serais retourné prendre une douche.

Mais Clac! Ève franchissait ostensiblement la porte.

Vlan! Je refermai le tiroir.

Le vrai problème avec la vie – je ne parle que pour la mienne – c'est qu'elle est singulièrement orchestrée!

— Adam! T'es là? cria-t-elle du bout du couloir.

— Oui chérie! Dans la cuisine... J'ai besoin de te parler!

— Attends voir ce que je me suis acheté! Je l'enfile et j'arrive!... Tu me donneras ton avis!

Les interminables secondes qui suivirent ne me suffirent pas à reprendre mes esprits. Lorsque la génératrice se remit à gémir, j'aurais voulu prévenir Ève de ce qui allait se produire, bien que cela n'aurait fichtrement rien changé.

Je reculai dos à la fenêtre…

Le bras porteur de la grue propulsa lentement la nacelle vers moi, exécutant un long travelling au moment même où l'actrice principale surgit dans l'embrasure de la porte. Elle était d'une rare beauté, subtilement maquillée, ses lèvres esquissant un sourire hésitant. Lorsqu'Ève crut saisir la signification de ce qui se passait de l'autre côté de la fenêtre, son visage se transforma en un rictus.

— C'est pas vrai! hurla-t-elle.

J'aurais voulu lui répondre que la vérité sur terre… Mais le type en combinaison verte qui immobilisait la coque de la nacelle au niveau de la fenêtre fut tout aussi ébahi de nous surprendre ainsi qu'Ève dont la jupe moulante incitait à la bonne humeur. Il s'épongeait le front en souriant. Je n'aurais pu positivement l'identifier derrière son casque à lunettes protectrices. J'eus seulement la fulgurante intuition, que cet inconnu chargé du destin, allait secouer notre monde d'une force dévastatrice. Ma première réaction fut de lui faire un bras d'honneur. En guise de réponse la nacelle rugit de plus belle.

Notre voyeur sortit de nos vies comme il était venu, brandissant une tronçonneuse. Cap sur le sommet de l'arbre à décimer. Horrifiée, Ève gémit une phrase que le vacarme du camion rendit inaudible. Je tendis les cuisses, écartai un tant soit peu les jambes. Je balançai sur l'une puis sur l'autre, prêt à la retenir, pour le cas où elle déciderait de se porter au secours de notre ancêtre feuillu.

Lorsque le choc sonore de la tronçonneuse éclata au-dessus de nos têtes, Ève empoigna une tasse et l'envoya se fracasser à mes pieds, contre le carrelage, puis s'enfuit sur les chapeaux de roues. Je fonçais spontanément à sa poursuite malgré les éclats de céramique qui jonchaient le sol.

Je réussis à coincer la porte de la salle de bains avec mon pied sanguinolent. Un bref instant, nous avons joué à qui perd gagne. Puis elle se résigna à me laisser entrer. Elle posa ses fesses sur le rebord de la baignoire et se prit la tête entre les mains. Je m'affalai sur le siège des toilettes. Je déroulai du papier hygiénique à l'aide duquel j'épongeai soigneusement le sang. Je pris tout mon temps. Car j'avais tout mon temps. Enfin, c'est ce que je croyais! Nous sommes tous impuissants face à la douleur. En dépit du bruit atténué, elle me lança à tue-tête : «Ça fait exactement un mois que je couche avec Suzanne!... Un mois!... Tu te fous de ma gueule? Ou tu me trompes? Ou tu ne m'aimes plus... Y'a pas trente-six mille solutions!...»

Je retirai un à un les infimes éclats de céramique. Je répondis : «Un mois! Petite cachottière va! Un mois ça se fête!» Il m'apparut évident que j'avais tout intérêt à changer de tactique, sinon cela risquait de se gâter. Mais avant que je puisse formuler une nouvelle phrase, elle ajouta :

— J'en ai marre de ton indifférence!... Marre de tes excès, marre marre marre.

Pendant qu'elle allumait nerveusement une cigarette, je tentai de la déstabiliser :

— Regarde-moi bien dans les yeux... Il y a longtemps que je ne fais plus ce que je veux de ma vie... Tu ne me diras pas le contraire! Ai-je l'air de m'en plaindre? J'ai besoin de me détendre de temps en temps. Je t'en prie! Une bonne nouvelle à la fois!...

Elle se leva et se jaugea dans le miroir d'où je la voyais tout flou comme dans un rêve. Étant donné la douleur qui m'élançait au talon, je me dis qu'en fait de cauchemar, celui-ci méritait un oscar virtuel. Le vrombissement de la tronçonneuse me confirma une fois pour toute le concret de la situation.

— Je te quitte! brailla-t-elle. JE TE QUITTE et c'est tout ce que ça te fait?

— Rien à déclarer! m'étranglais-je comme si j'avais besoin de cette torture.

— Cœur de pierre! Salaud!

Je sautillai sur une jambe jusqu'au lavabo et immergeai ma blessure. L'eau devint aussitôt rouge. Je ne voulais ni ne pouvais croire ce qu'elle venait de m'annoncer. Bien qu'il y avait des mois qu'elle ne bossait plus et je ne voyais pas comment elle avait pu s'offrir un tel caprice. Je fouillai dans la pharmacie à la recherche du sparadrap, pendant que mentalement, j'établissais un premier bilan.

Ève trépignait sur place. Ses yeux se révulsèrent. Elle me foudroya du regard et me dit : «Cette fois t'es allé trop loin! T'avais qu'à téléphoner pour me prévenir! Le téléphone ça existe!» Je rétorquai : «C'est que...»

— C'est que t'en as rien à foutre! Je rentre sur Paris le quatre...

Nous avions l'air de boxeurs sinistres se jaugeant avant le match. J'examinais chaque battement de cil de mon adversaire, battu d'avance par le faible que je nourris pour ses yeux. Elle rajouta : «Je me barre... c'est fini entre nous. T'as gagné! Chapeau, champion!» Incapable de soutenir son regard. Si seulement j'avais des reproches à lui faire, ne serait-ce qu'au sujet de cette passade avec Suzanne! Je refusai de m'étendre sur les motifs de cette supercherie. Tout ça était de ma faute. Ma langue se délia enfin; je changeai de sujet. Je me lançai dans une longue diatribe qui ressemblait à du chinois car je laissais mon corps en état de choc parler pour moi. Mon corps n'avait pas les mêmes idées que moi.

Elle haussa les épaules, me serra un bras. Je me tus. Un long soupir lui échappa. La rage la fit vibrer.

— T'es sourd ou quoi? Je m'en vais!... T'es satisfait?

J'avais les jambes comme du coton. Manque de pot, je tombai à genoux, m'accrochai à ses cuisses et me mis à chialer. Mon étreinte mélangeait l'excitation au chagrin. Caresser Ève m'a toujours fait cet effet-là.

Soudain, le télé-avertisseur fixé à ma ceinture fit des siennes. Malgré ma position compromettante, la curiosité l'emporta. Je jetai un œil au petit écran à cristaux liquides. Ève utilisa le fragment de seconde où je défis mon emprise pour reculer d'un demi pas. J'étais agenouillé, implorant l'absolution. En contre-plongé, ses seins charnus un peu tombants retinrent mon attention. Elle ramassa un chemisier sur le panier de linge sale et l'enfila. Elle dominait la situation de plusieurs têtes. Elle se pencha sur moi, et d'une voix presque enfantine, avec un accent de désespoir elle me balança : «Et en plus tu vas te barrer!... Vas-y!... T'es une ordure!»

Ma tête se rétracta dans mes épaules au moment fatidique où elle me décocha une gifle magistrale. La porte n'avait pas encore claqué que je m'effondrais sur le carrelage en martelant le sol. Il y avait longtemps, que je n'avais pas communiqué ainsi, avec une femme.

Le télé-avertisseur s'emballa de nouveau. Cela suffit à me remettre la tête à l'endroit. J'essuyai les larmes qui me dégoulinaient sur le visage. Il y avait urgence au chantier. J'enfilai des chaussettes qui traînaient par terre. Elles ne sentaient pas trop, mais me semblèrent un peu rudes lorsque j'y introduisis les pieds.

Le couloir sans écho glissa sous moi. Je me retrouvai devant la porte de la chambre à coucher où elle s'était barricadée. Je cherchai une phrase appropriée. Je frappai doucement… Pas de réponse. Pourtant!… Le plancher craquait au moindre de ses déplacements. Je perçus soudain qu'elle s'approchait : elle arracha quasiment les gonds en ouvrant; peut-être, allait-elle me donner la chance de m'expliquer?

Des vêtements propres apparurent à mes pieds. La porte se referma aussitôt. Je l'implorai : «Ève chérie!... Je rentrerai le plus tôt possible... On pourra parler!...»

Ce qui m'étonnait, c'est qu'au lieu de se calmer, elle semblait s'agiter. J'écrasai mon oreille contre la porte. Il m'était impossible de déchiffrer les bruits bizarres qui se succédaient. J'étais sur le point de forcer la note, prêt à défoncer cette porte si nécessaire : «Pour l'amour de Dieu! Dis-moi quelque chose!» Elle répondit : «Casse-toi! J'ai besoin d'être seule.» Je la sentais malgré tout appuyée contre le revers de la mince cloison, prête à capituler : «Téléphone-moi plus tard», me rassura-t-elle : «Moi aussi je t'aime!... J'ai besoin de réfléchir... T'es là?» Elle avait bien dit : «Moi aussi je t'aime!» Je n'avais pas rêvé.

À mon avis, nous progressions. Je murmurai : «Oui mon cœur!» et tournai sans succès la poignée. Elle sanglotait de nouveau.

— Laisse-moi un peu d'argent, fit-elle au bout d'un certain temps.

— Sur la table chérie!... Faut que j'y aille!... Plus tard mon amour!

— D'accord!... Mais à une condition!

— Laquelle?

— Ne m'appelle plus ton amour.

Pendant qu'elle bavarde au téléphone, je rassemble l'essentiel de mes effets personnels de la zone sinistrée. J'enfourne les documents tous azimuts dans mon sac à dos, véritable bureau ambulant. Devant la fenêtre, je me signe à la gloire du vide laissé par l'arbre que l'on a décapité. J'avale trois aspirines après les avoir croquées. Je griffonne une phrase en forme de cœur sur un bout de papier. Bonjour sauf-conduit, me v'là parti! Je dégringole l'escalier de derrière quatre à quatre, sac à dos en bandoulière comme un taulard en permission écourtée.

En arrivant au rez-de-chaussée – comble de malchance – je bute contre la propriétaire qui obstrue le pas de la porte. Elle épie les assassins qui chargent les tronçons de l'arbre dans une remorque. Elle et moi n'échangeons malheureusement plus les banalités usuelles depuis que je paye mon loyer au lance-pierres. Je l'esquive désormais coûte que coûte. Et comme pour l'instant je n'ai pas d'autre choix, je me prépare à lui débiter de nouvelles sornettes mais, à brûle-pourpoint, elle me demande simplement la date! Tout à trac, déboussolé, je bafouille : «Ben!... Je ne sais pas moi...»

— Justement! rétorque-t-elle pour enfoncer le clou. Il me faudrait un chèque avant lundi. Je dois rembourser le plombier pour votre inondation du mois dernier!

Dire des choses aussi crûment, ça ne devrait pas être permis! Je me gratte la tête zieutant ma montre pour gagner du temps, tout en espérant qu'elle bougera de quelques centimètres et me laissera passer. Or, madame Blanchette est solidement plantée sur ses pattes. Du genre, je le sens, à m'asséner un autre coup dur. Je la dévisage telle une chose qui, comme la cruauté, n'a pas de visage précis. Un adverbe de trop. Une phrase à raturer. Éviter un problème vaut mille fois mieux que le fuir.

— Je passerai vous voir ce soir! dis-je pendant qu'elle distille son venin.

— Ouais!... Tu me dis ça, mais tu ne veux pas me voir même en peinture!

— C'est que je suis déjà en retard madame Blanchette! Et avec tout le respect que je vous dois, si je perdais mon travail…

— Allons donc! m'interrompt-elle en se grattant avec vigueur l'avant-bras. Avez-vous déclaré la guerre pendant la nuit? Rita m'a sorti du lit par deux fois... il paraît que vous hurliez comme des écorchés vifs... Un peu plus elle appelait la police.

Jugeant propice l'opportunité qui s'ouvre devant moi, je me faufile entre sa masse et l'embrasure exiguë de la porte, rejoignant le trottoir d'un bond. Aujourd'hui les employés municipaux sont revenus charger les billes. Je contourne l'hécatombe des bûches à une distance respectueuse. Les deux cordeurs de bois, à leur rythme particulier, me font un signe de la tête comme si je les connaissais. D'où, de quand? D'une vie antérieure sûrement. Le charme des petites villes... Je marche lentement jusqu'à l'intersection scrutant le paysage à travers mes paupières qui battent la chamade. Je prie pour qu'une force cachée surgisse et me happe au passage. Cela m'épargnerait tant de peine.

Tout à coup, je suis la proie d'un étourdissement peu commun. Sans blague, ça me fait tout bizarre! Je hâte le pas, une main sur le thorax, vers un banc dans le square. Je ne vais quand même pas crever d'un infarctus avant d'avoir atteint quarante ans! Le temps doux et chaud provoque en moi un léger émoi, un recul. Peut-être est-ce mon désir qui s'exauce? Je relève la tête à la recherche de cet air qui me manque. La nuit dernière, j'ai bien cru que j'allais y passer... J'en ai les cheveux qui se hérissent sur la nuque et l'impression que des siècles se sont écoulés depuis cet épisode. À la suite d'une fin de journée éreintante, je suis rentré tard. Trop tard peut-être. Un silence suspect régnait dans l'appartement. Je tentai de me rendre dans la chambre qui me sert d'atelier sans bruit, lorsque Ève est apparue derrière moi, visiblement éméchée. J'étais passablement beurré de mon côté, et ce n'est pas l'entraînement qui nous manquait. Seulement, je ne l'avais jamais vue saoule. Elle se répandit en invectives, toutes plus abominables les unes que les autres. Quoi qu'il en soit, nous avons entre deux accalmies encore un peu forcé sur la bouteille. Quand, sans que je sente la tempête se lever, elle se rua sur moi, un grand couteau de cuisine à la main.

Nous avons tous des accès de folie, cela peut arriver à n'importe qui de perdre le contrôle. À ma connaissance, il s'agissait pour elle d'une première en la matière. Elle hurlait et se débattait avec démesure contre tout ce qui bougeait. Un bref instant, les événements se sont envenimés, un peu plus et j'y laissais ma peau.

■

— Il était temps! dit une voix comme venue d'ailleurs.

— Pardon! répliqué-je au sortir de ma torpeur.

Je me frotte les yeux, puis le square se dessine peu à peu, réapparaît alentour. Il est debout devant moi, une main posée sur son ventre. Chaque fois que je le croise, son odeur abjecte me dégoûte. Son éternelle canette de bière à la main, le bide débordant de la chemise maculée de cambouis, je n'ai jamais très bien su s'il était son fils, son époux ou son frère. Dans tous les cas, une chose est certaine : il baise avec madame Blanchette! Cela je le sais pour les avoir entendus!

— Il était temps!... Deux ans que je les *achale*... que je les emmerde avec ça!

— Deux ans?

— Oui! L'arbre! précise-t-il. Un vrai fléau!

Je ne sais combien de temps j'ai pu divaguer avant qu'il ne me ramène à la réalité, mais une chose est sûre, je n'attends pas mon reste. Je m'éloigne d'un pas brusque entre les talus de fleurs ne songeant pas à lui demander s'il a aussi l'intention de faire recouvrir le square de bitume.

À cette heure, la circulation fluide converge vers la rue Royale en direction du centre. Les trottoirs sont déserts. Il ne me manque plus que quelques centaines de mètres à parcourir et j'atteindrai mon but. Les clochers de la cathédrale qui surplombent les immeubles me servent généralement de balise. Le café et les aspirines se rebiffent dans mon estomac, j'ai peine à maîtriser un haut-le-cœur.

Je m'appuie au mur de la librairie tout en scrutant les alentours. Je lâche dans un effroyable hoquet ce que j'ai dans le ventre, sur le trottoir, sur le mur, ainsi que sur le bout d'un de mes baskets. Je fouille mon sac à dos à la recherche de quelque chose avec lequel m'essuyer. Je m'éponge le museau avec le tee-shirt officiel du festival. L'odeur fétide m'oblige à respirer par la bouche. Je m'approche des vitrines de la librairie pour m'assurer que je n'ai pas une saloperie collée au bout du nez. À la hauteur de mon reflet, j'ai l'impression d'halluciner.

J'en laisse tomber ce que je tiens dans les mains, titubant à reculons. Dans la vitrine, une photo grandeur nature de ce salaud... avec à ses pieds des montagnes de *Sacs à malices,* le roman numéro un sur la liste des best-sellers et nominé pour une flopée de prix... annonce l'affichette du libraire.

J'en reste tout pantois, brinquebalant, je scrute la photo de plus près : c'est indubitablement lui, Hugo Desjardins. Je lâche un «enculé...» tout bas entre mes dents. Une vieille dame me donne de légers coups de canne sur un pied en me demandant un renseignement.

Je m'assure d'avoir encore mes lunettes sur le bout du nez, empoigne mon sac et prends mes jambes à mon cou.

À l'angle de la rue des Forges, j'adopte une allure et un rythme à peu près normal. Je bifurque entre la mairie et la salle de spectacle. Je gravis les marches de béton pentu avant de ralentir subitement à bout de souffle, pour m'appuyer sur le socle lisse de la statue du poète inconnu

Sept heures et des poussières, je déboule sur le site du festival avec un léger retard.

À peine engagé sur le chantier, je reprends mon souffle alors qu'un de nos camions chargé à bloc escamote le trottoir, geignant à chaque cran d'engrenage, l'air de dire : Ça suffit!

Les gars s'attroupent sans grande conviction autour du vieux tas de ferraille qu'ils ont affectueusement surnommé La Grosse Berta, à la suite de nombreuses aventures ou mésaventures qui leur ont prouvé qu'ils avaient affaire à un véhicule doté de sa propre intelligence, n'en faisant qu'à sa guise, sensible aux différences de température comme aux sautes d'humeur des conducteurs. Je me dirige vers eux pour leur annoncer qu'il leur faudra aujourd'hui travailler comme des cons... damnés à se repentir. Arrivé à leur hauteur, l'équipe d'élite m'encercle. Inutile de faire le décompte pour déduire qu'il manque des soldats au bataillon. Peut-être devrais-je parler de peloton d'exécution à la manière dont ils me ciblent. L'ambiance générale est assez tendue.

Ils n'ont pas l'air enthousiaste, et pour cause :

— Adam, p'tit Marc ne peut pas rentrer! commence Serge. Il m'a réveillé à six heures du matin, maudit con!... Il te fait dire qu'il est malade... Et Tony a rendez-vous chez le dentiste!

— Si ça ne va pas mieux d'ici midi, moi aussi j'vais rentrer Coco! ajoute Alain. J'ai pas le choix. Ta copine a dû te faire le message! J'ai téléphoné plusieurs fois hier soir... Apparemment t'avais disparu, elle a un drôle d'accent!...

Je lève une main et les toise un à un de la tête aux pieds afin qu'ils se calment. Ils me connaissent assez pour savoir que je ne suis pas du genre agressif. Mon regard se pose sur Alain.

— Toi, fais-moi plaisir! lui lancé-je. Ne m'appelle plus Coco! D'accord?

Ce dernier pouffe de rire ce qui a pour effet de détendre l'atmosphère.

Je sors un paquet de cigarettes de mon sac que je fais circuler à la ronde contribuant ainsi à l'objectif de la bonne humeur et me permets d'improviser un plan de match : Tout d'abord, disperser à tous prix les troupes, sinon ils risquent de me gâcher la matinée.

— Bonjour messieurs! Merci d'être venus... Voilà mes instructions, pendant que Dan ira chez Mamelouk nous chercher des cafés sur l'ardoise du festival!... Toi! Tiens! dis-je à Yves en lui tendant un talkie-walkie : tu passeras chercher les messages à la Centrale et changer les piles de ces machins!... Guy, lui, fera une tournée des kiosques pour vérifier la plomberie? Prends le nécessaire dans le coffre à outils. En cas de fuites, démerde-toi pour retarder le raz-de-marée jusqu'à la fin du spectacle!... Serge, Alain et moi monterons la tour technique! L'équipe de sonorisation doit débarquer vers midi!...

— Oui mais Adam? marmonne Yves.

— Pas de oui mais! Fais ce que je te dis. Ah oui, n'oublie pas de demander à Jean-Paul de venir nous situer l'emplacement de la tour, au millimètre près!

— T'as pas le plan? poursuit-il avec hésitation.

Je fais la sourde oreille tout en appréciant l'idée qu'au moins un d'entre eux respecte mon autorité. Je m'approche d'Alain qui m'a l'air en piteux état. Il a les yeux d'un rouge vif de quelqu'un qui a beaucoup pleuré.

— Ça se passe comment à la maison? l'interrogé-je avec compassion. Brigitte s'est-elle calmée? Lui as-tu fait tes excuses?

Il me raconte avec force détails les derniers développements de sa vie maritale. En rentrant hier soir chez lui fourbu, après notre journée exténuante, Brigitte, la mère de ses trois enfants et concubine de plus de dix ans l'attendait de pied ferme afin de lui présenter Pitt son amant de deux semaines. En chœur, ils lui annoncèrent qu'elle le quittait pour de bon. Comme ça, sans aucun préambule, avec la ferme intention de lui laisser le soin d'élever les marmots. Quand il tenta de la faire revenir à la raison, Pitt ordonna à Brigitte de préparer ses affaires. Alain dut se contenter de la regarder partir sur la moto de ce salaud, dans la plus totale impuissance, avec pour tout bagage un sac de vêtements.

— À mon avis ça va se tasser, tu verras! C'est sûrement qu'un feu de paille! C'est passager, comme le printemps…

— C'est aujourd'hui le premier juillet, dit-il, désabusé. Et c'est la troisième crise depuis le mois de mai… Tu ne croirais pas ce qu'elle m'a fait vivre l'an dernier. Je ne sais plus quoi penser! Qu'est-ce que je vais raconter aux petits? Votre mère nous quitte pour un Hell's Angels!

— Saute pas trop vite aux conclusions vieux!... Y'a pas que les *bikers* qui sont tatoués.

— Dans le cou? Tu vas peut-être me faire croire qu'il est avocat avec le cou couvert de toiles d'araignées; il est tatoué jusque derrière les oreilles?

Il est agité, ses mains tremblent et c'est le plus naturellement du monde qu'il sort un joint prêt à être consumé. Ma compassion ayant ses limites, je le devance en lui attrapant la main dans laquelle il serre un briquet :

— S'il te plaît... vaudrait mieux à la place que tu fasses une petite marche de santé. Avec Jean-Paul dans les parages, ça serait mal vu!

Il comprend ça Alain : c'est un type qui a le cœur sur la main. D'autant plus que je le sens sur le point de déverser des torrents de larmes. J'avoue qu'en comparaison mes problèmes comptent pour du beurre.

Serge revient accompagné de Jean-Paul. Ils exécutent un repérage sommaire, chaîne d'arpenteur en main. Je déroule le plan du site sur le gazon. J'y pose quelques cailloux pour le retenir. Je sors quatre piquets et un marteau du grand coffre et nous délimitons notre périmètre avec de la corde.

Jean-Paul sourit, il semble en pleine forme. Je le rassure sur les préparatifs de dernière heure. Nous n'avons, grâce à ma prévoyance logistique, aucun souci à nous faire pour l'instant. Il suggère que lorsque j'en aurai terminé avec l'échafaudage, nous révisions une dernière fois ensemble notre plan de la journée en prévision des impondérables.

Je réponds : «Pas de problème! Tout est sous contrôle... Je te retrouve vers midi dans ton bureau!» Nous nous serrons la main et il s'éloigne. Je reviens aux côtés de Serge qui se moque ouvertement de moi.

— Qu'y a-t-il de si comique?

— Tu m'fais rire, t'aurais fait un bon vendeur?

— Je ne vois pas de quoi tu parles, dis-je en lui décochant une solide claque dans le creux de l'épaule. Tu devrais faire attention aux insolations! Veux-tu que j'aille te chercher une casquette?

Il grimpe à l'arrière du camion. Ma guerre est la sienne : *The show must go on*! Ses collègues l'ont surnommé *GI-Joe* à son insu. Étant donné ses états de service au sein des forces armées, ce sobriquet lui va à ravir. Serge est le bras droit idéal; il est bosseur, discipliné, ponctuel. De la trempe de ceux qui font la différence; pur et dur. Il a les mains comme des raquettes, moi pas. Il a une certaine influence sur les autres, alors que moi… Bof!

Du haut de son perchoir, Il fait basculer la première section d'échafaudage. La chose se pose dans un angle parfait contre le pneu. Une caresse de métal et de caoutchouc. D'un geste je m'approche, soulève et apprécie le matériel. J'en examine les extrémités avant de le reposer en position.

Je recule et comme si cela eût été prévu, les sections suivantes dégringolent du camion en s'embrassant : Kla-klang! Kla-klang!

— Sergio! lui lancé-je entre deux bourrées. Envoie-moi un boulin que je l'examine!

Le crâne frais rasé, les yeux exorbités, il sort la tête :

— *TA-BAR-NAK*... Si tu commences avec ton français de FRAN... CE! La journée va-t-être longue! C'est quoi qu'tu veux pour l'amour du Christ?

— T'as absolument raison! m'ajusté-je. Montre-moi donc un côté.

Nous nous retournons simultanément à un sifflement aigu : Yves et Guy portent une table de pique-nique. Ils sont suivis de Dan, les mains encombrées de plateaux cartonnés regorgeant de victuailles, derrière lequel, Alain presque au pas de course, réduit l'écart. Ces gars-là me feront honte jusqu'en enfer où j'ai très envie d'aller me reposer. Y'a de quoi sourire!

Serge du haut du camion me fait signe qu'il va me laisser tomber un morceau du puzzle d'échafaudage, je recule alors que la chose s'abat à un millième de mon gros orteil.

— Là on va mieux s'comprendre mon Coco! grimace Serge en sautant de l'arrière du camion.

— Merci le grand!...

— Est-ce que ça va-t-être tout? raille-t-il en se dirigeant vers le reste de l'équipe.

Nous nous installons autour de la table. Dan nous distribue des cafés à réveiller un mort. Les gars sont maussades, à la limite du grognon. Je dois dire que j'en ai ma dose aussi, mais autant jouir de ces moments de silence que Serge est prompt à interrompre : «Profitez-en pendant que ça passe! C'est pas tous les jours que Villemure paye le café!» Alain choisit deux beignets, puis il fait circuler le plateau à notre attention.

— Ça passe vite en tous cas, lance Guy. Dire qu'il nous reste à peine deux mois avant l'automne. Une année de moins au compteur…

— Ne parle pas de malheur! répond Yves. J'ai encore les pneus d'hiver sur ma Camaro.

Je fixe un objet invisible situé devant moi quand Serge me dit : «Sors d'la lune! Ton café va refroidir!» J'ai beau essuyer mes lunettes, tout en jetant un œil noir sur les multiples petits papiers jaunes que l'on a étalés sous mon nez, par ordre chronologique, ça ne fait qu'intensifier l'effet de brume. La standardiste doit m'en vouloir sauvagement si j'en juge par le nombre de fois où Ève m'a téléphoné durant les dernières vingt-quatre heures. Je couche le portable contre la table et compose notre numéro, j'ai besoin d'entendre sa voix, de m'assurer qu'elle ne fait pas de bêtises... lui dire que je l'aime. Je laisse sonner quelques coups puis je raccroche au son de ma propre voix sur le répondeur en m'efforçant de ne pas tomber dans le piège; Ève et moi avons bien assez joué au chat et à la souris. Une bourrasque de vent emporte deux messages, je bondis les récupérer, alors que d'autres saloperies virevoltent et s'éloignent sur le gazon.

Serge, la bouche pleine, bafouille : «Nous arrivons au bout de nos peines chers amis! On ne peut plus nous reprocher grand chose à partir de maintenant...» Yves se gratte la tête et tranche : «C'est ce soir qu'on nous offre la bière. Il va faire soif vers la fin de la journée.» Je me racle la gorge puis apporte à mes assistants quelques précisions : «C'est exact les gars! Ce soir, vers dix-neuf heures, il y aura un buffet en votre honneur! Vous pouvez inviter une personne de votre choix. Voici des tickets pour quelques consommations gratuites. Serge et Dan assumeront la permanence de ce soir. À partir de demain nous nous relaierons pour la durée des opérations».

Les gars ne savent plus où donner de la tête. Des bouquets de filles traversent le parc. Alain est le premier à réagir : «Regardez-moi ça!» dit-il, en écarquillant les yeux vers une adolescente en minijupe : «Avez-vous vu ça? C'est quand même beau la jeunesse» Dan renchérit : «Méchant pétard!» «Tu devrais laisser ça aux célibataires!» interjette Serge. «Peut-être bien!» répond Alain avec une moue rébarbative : «Mais c'est pas parce qu'on est à la diète qu'on ne peut pas regarder le menu. Même que la chasse est ouverte, *man*!»

— Hé! Ho! les ramené-je à l'ordre. Nous avons une sacrée journée devant nous!... Sachez que sans le concours du gros Marc et l'expertise de Tony, nous allons devoir nous fendre en mille pour éviter de mordre la poussière. Tenez! Voici votre accréditation pour la durée du festival. À partir de midi, vous en aurez besoin pour circuler sur le site.

Je savoure cet intermède en épluchant mes messages d'où j'espère jaillira une solution miracle, mais il me semble que les vagues sont bien trop fortes pour mener la galère à bon port. Soyons réalistes : non seulement nous manquons de main-d'œuvre, mais mon équipe de forçats semble au bout du rouleau. J'ai suffisamment ramé dans ce genre de situation pour m'abstenir de démolir le moral des troupes.

Serge m'apostrophe sur un ton sans équivoque en indiquant l'heure sur sa montre : «Plus tard on commence! Plus tard on finit!» Je me renverse un filet de café sur une cuisse, puis je reprends la barre du vaisseau : «O.K.» fais-je à Dan, en lui refilant la missive du bureau du député : «Tu vas aller chercher les drapeaux du Canada rapido presto, qu'ils cessent de nous casser les pieds. Par la même occasion, Yves et toi passerez à la quincaillerie, en haut du boulevard Industriel. Au retour, vous vous arrêterez à l'entrepôt de la Centrale récupérer ce qui est inscrit sur cette liste... D'accord?» Dan sort le petit carnet que je lui ai offert et prend mes directives en note. Les autres s'agitent. Je poursuis : «Guy! la plomberie... Je sais que ça ne te dit rien, mais t'es le seul homme disponible pour ce *job* jusqu'à ce que Tony revienne. Autrement dit, Serge, Alain et moi allons nous farcir l'échafaudage, puis on se retrouve tous ici pour la pause de dix heures. N'oubliez pas de brancher vos radios sur le canal deux... Il pourrait y avoir des changements!» Les troupes se dispersent. Serge devance Alain qui me précède. J'examine le plan du site de plus près pendant que l'un des deux recule le camion.

Tout à coup, je me sens d'attaque et je reprends les choses en main décidé à ne pas lésiner sur l'effort. J'empoigne en un tour de main les éléments de base nécessaires à l'élévation des niveaux, mes collègues me fournissent en pièces et ça progresse joyeusement! Une fois le troisième niveau atteint, Serge grimpe à mes côtés sur la passerelle. Nous manipulons les poutrelles d'acier tels de vulgaires morceaux de balsa. Je souffre en silence pour tenir son rythme, c'est qu'il a de l'énergie à revendre ce tordu! Alain se ramène avec une corde à l'aide de laquelle nous allons hisser les morceaux. Un simple nœud coulant fonctionne au quart de poil. Arrivés au niveau suivant, je nous fais quérir un long bout de tuyau qui va nous servir d'écoperche. Cela ralentit la cadence mais facilite notre labeur.

Nous suons sous un soleil qui commence à plomber généreusement, sans dire un mot, à l'exception des grognements mêlés à la douleur des efforts des journées précédentes. Heureusement, nous ne sommes pas trop rouillés sur le plan physique, car plus nous approchons du ciel, plus il devient malaisé de manipuler ce mécano géant. Sans aller jusqu'à insinuer que je m'amuse, je trouve un malin plaisir à résister aux douleurs musculaires que j'accumule depuis quelques semaines. Je combats par les muscles ce qui reste une affaire de cœur.

Le temps file à vive allure. Le parc s'anime peu à peu. Des individus se hâtent vers leur boulot respectif, d'autres promènent un chien. C'est une de ces journées où l'été nous assaille sans nous offrir l'opportunité d'en apprécier la beauté. Et quel été! Le ciel est d'un bleu argenté, sans nuances et sans fin!

— Tu roules trop vite! affirme Serge qui me fait

signe de ralentir la cadence.Veux-tu achever Alain? Regarde-le, il en bave déjà avec les passerelles!

— Ça ne peut que lui faire du bien! grommelé-je. Il y a toujours deux côtés à chaque chose. Un mauvais, l'autre pire! Mieux vaut se farcir le pire maintenant, et garder le meilleur pour un coin à l'ombre cet après-midi!

Bien qu'improvisé, notre ballet est impeccablement réglé. On tire en alternance sur le poids mort au bout de la corde. Quand je me déploie dans un sens, Serge accuse de l'autre, rien ne lui échappe. Il s'éponge le crâne et la nuque avec son tee-shirt. J'agrippe l'ultime passerelle à bout de bras, la glissant avec diffulté en position. Je ne saurais dire pour Serge, mais je commence personnellement à les trouver lourdes ces saloperies. J'ai l'intérieur des mains râpé, et j'ai foutrement mal aux bras. Je m'empresse de terminer la sale besogne, la poitrine me résonne telle une grosse caisse. Quelque chose s'oppose à ma manœuvre, empêchant la pièce de se poser; ça n'a pas l'air d'être la fin de l'histoire. Je grimpe dessus, gonflé à bloc, je tente de la faire glisser un tant soit peu. Cela ne m'est d'aucun secours. Aux gros problèmes les grands moyens : je m'y jette à pieds joints, à maintes reprises de tout mon poids. La charpente tout entière trépide. Je passe à deux doigts de perdre l'équilibre, me rattrape in extremis, un peu plus et je faisais grimper les statistiques des victimes de la loi de la gravité!

— Fais pas l'fou! vocifère Serge à l'étage dessous. On va se casser la gueule avec tes singeries!

— Merci pour le conseil! crâné-je secoué.

— T'es peut-être pas fort, mais pour avoir du cœur, t'en as! Méchant malade! Tiens, regarde, les v'là!...

La semi-remorque de la scène mobile s'immobilise près du sentier qu'elle devra emprunter. Sur le talkie-walkie, mon nom barbouille les ondes : «Villemure pour diriger l'opération de la scène!»

Serge et moi dévalons la structure d'acier avec la dextérité de deux chimpanzés. Arrivés au sol, il est précisément dix heures tapantes. Les cloches de la cathédrale entérinent cet état de fait.

Dan et Yves roulent doucement vers nous dans la camionnette. Je leur fais signe de se garer près de l'arbre et de venir nous rejoindre. Guy fait son apparition mordant dans un sandwich, il me demande : «Est-ce qu'on décharge le camion?» Je tousse et réponds : «Laisse-moi le temps de réfléchir...» Il ricane, laisse retomber ses verres fumés sur l'arête de son nez et pose sa ceinture bourrée d'outils par terre. Pour conclure, il toussote à son tour et me balance : «*Yes Sir*! Capitaine Crochet!»

Un grand éclat de rire contagieux jaillit lorsque je recule de la table, armé d'une liste de choses à faire, afin d'en énumérer les faits saillants. Ils ne savent jamais à quoi s'en tenir quand je prends un air sérieux :

— Bien voici la suite des festivités, commençons par une petite pause, disons de quinze minutes! Ensuite! ajouté-je haut et fort : Serge, tu guideras le chauffeur de la semi-remorque pour loger la grande scène à sa place! Il me faut un volontaire pour commencer les retouches de peinture? Et puisque personne ne répond, je poursuis : «Vous avez le choix... Avant midi, le parc doit être fermé par les barrières anti-émeute, les drapeaux du Canada et les panneaux publicitaires doivent être accrochés! Voici un plan : Alain! Les X rouges correspondent à l'emplacement des drapeaux, les verts à celui des panneaux des commanditaires. Ne te mélange surtout pas avec les emplacements des commanditaires, sinon, il te faudra recommencer. Dan, Guy et Yves! les lignes brisées bleues représentent les barrières à mettre en place. À tout de suite.»

— J'ai pas fini d'inspecter la plomberie! insiste Guy.

— Aucune importance! dis-je en plissant les yeux. On avisera à la dernière minute! Inutile de chercher les complications!

Serge m'emboîte le pas jusqu'à la grande scène.

— L'opération est délicate! C'est pourquoi je te la confie... Tu resteras à la disposition du chauffeur jusqu'à ce que madame soit confortablement installée à sa place.

— Et si j'y arrive pas?

Je porte une main à mon front comme une visière et rétorque : «Je serai à mon bureau!» Je lui tourne le dos et m'évade avant qu'il ne soit trop tard. Je m'éloigne rapidement quand il me crie : «Sais-tu que t'exagères? Il n'est pas encore midi!»

Je me retourne et utilise mes mains en guise de porte-voix : «Tu ne me croiras peut-être pas, mais le seul courage que j'ai rencontré ici-bas, c'est celui de l'excès»

Je franchis le seuil du café Champlain avec l'impression d'exécuter un rite de passage. Je mets un moment à m'adapter à l'obscurité qu'alourdit une épaisse fumée suspendue. La moquette fait un bruit d'éponge. Les habitués de la maison sont déjà en place au bar ou devant les machines à sous, titulaires d'un aller-simple pour un voyage sans cesse recommencé. Rares ici sont les jambes féminines enjolivant les tabourets. Seules se côtoient des tronches patibulaires de poivrots abscons, pour la plupart à la retraite, ne serait-ce qu'anticipée. Du vide du regard aux métastases de l'ennui, ils ingurgitent avidement leur raison d'aimer la vie, sous la forme d'un sérum doré, fruit d'une tradition astringente sévissant depuis des siècles dans ces contrées.

Je prends place au bout du comptoir d'une monotonie admirable, dos au ventilateur, dans ce dernier bastion d'une époque désormais révolue. Pour mes intimes, c'est ici mon bureau. Gisèle, la patronne, connaît le remède à la maladie séculaire de la soif qui frappe paraît-il un Québécois sur trois, selon les derniers sondages. Elle pose devant moi, par automatisme, une grosse bière on ainsi qu'un verre en m'accueillant d'un «Salut!» gaillard. Elle s'enquiert des progrès du chantier. Sur un ton solennel, elle me demande si l'existence me mène la vie dure ces temps-ci. La franchise, dans un tel contexte, ne m'étouffe pas, aussi j'esquive avec un : «Ça va très bien! Le premier spectacle ayant lieu ce soir... on va pouvoir se détendre jusqu'au démontage» Elle déplie et ouvre le journal local aux pages culturelles à mon attention, puis déclare : «J'ai lu que vous ouvrez avec les Joyeux Choux-Claques... Depuis que je rêve de les voir en spectacle. À mon avis, il va y avoir du beau monde pour cette bande de fous. Surtout que c'est leur premier show à Trois-Rivières! J'aime bien ce qu'ils font!» Je lui tends une paire de billets et lui lance : «Profitez-en! Offrez-vous du bon temps! Je vous conseille toutefois d'arriver tôt parce que le député offre hot-dogs et poutine à volonté durant l'ouverture officielle... Et vu le tapage publicitaire, on risque d'y retrouver la plupart des sans-abri de Montréal et Québec» Elle me fait une bise par-dessus le comptoir et me remercie chaleureusement me posant machinalement quelques questions d'usage : «Êtes-vous prêts? Depuis que vous travaillez là-dessus, il ne doit plus y avoir beaucoup à faire?»

— On n'est jamais tout à fait prêts pour ce genre d'événement... Vous savez!

Gisèle étant sollicitée à droite et à gauche, j'ingurgite machinalement la bière qui pénètre par la vanne grande ouverte tout en me chatouillant le gosier. Je bois sans y prendre plaisir. Puis je passe en revue et rature consciencieusement les tâches accomplies : tour technique, drapeaux, commanditaires, barrières; et j'encercle mes prochaines priorités : peinture, électricité, scène, loges et bars.

Après quelques verres, les sens aiguisés par le doux nectar, je laisse à Ève un long message téléphonique qui ne saurait la laisser indifférente à mon désarroi. Je termine mon plaidoyer par une phrase émouvante, la larme à l'œil. Cependant, je n'approfondis pas le sens de mon geste, la paresse engendre ses propres habitudes. Je parcours en diagonale le journal, certains jours les nouvelles fraîches sont mauvaises d'où qu'elles viennent, surtout dans mon état : désabusé, pas rasé, fatigué de la réalité. Je m'intéresse au programme des courses à l'Hippodrome, un stylo à la main, lorsque Gilles Maheux vient se jucher sur le tabouret voisin.

J'avais promis, je sais, mais c'est plus fort que moi!

— Gilles! déclaré-je en lui serrant la main. Jouemoi vingt dollars sur Belle de Mai, dans la sixième. Elle court sous le numéro neuf...

Il me considère, d'un regard qui en dit long.

— Villemure, *t'es arrivé à ton maximum*, m'assène-t-il en cherchant mon nom sur sa liste. Si je prends ton pari, et j'ai bien dit si : tu me devrais cent vingt dollars et jeudi serait ton ultime ultimatum! T'as le don de toujours choisir des *outsiders* qui n'ont aucune allure.

Il finit néanmoins par prendre mon pari à 99 contre 1. C'est tout ce que je demandais. La vie a du bon. Je le remercie, et tope-là, puis je replonge le nez dans le journal.

Les pages Arts et Spectacles du journal font la une sur la Fête du Canada. On y parle du succès démesuré des Joyeux Choux-Claques en France, de leur montée vertigineuse au hit-parade du folk américain et de leur retour fracassant au Québec. On y relate entre autres leur guerre menée contre la drogue afin de préserver la formation musicale originale, les cures de désintoxication du chanteur, et l'enquête sur le suicide de leur ex-batteur, Smiley Lalancette, dans une chambre d'hôtel d'Amsterdam. Autant d'éléments propres à faire mousser les ventes de leur nouveau CD : Attentat Instrumental.

Gisèle jauge l'état de ma consommation et me fait signe. Je suis consentant, j'opine. Elle m'en sert une autre. À quoi bon s'obstiner? Je vérifie ma montre sans me laisser infléchir par la culpabilité! Je lis l'horoscope : «Vous êtes porteur d'un message secret, à vous de le décoder; soyez attentifs à vos rêves.» C'est en ruminant ces inepties que la vision d'Ève revient violenter ma mémoire.

Je me souviens de ce jour, il y a oh! disons six mois de ça, où elle m'annonça officiellement – en brandissant la lettre du registre civil sous mon nez – qu'elle ne s'appelait dorénavant plus Nicole, mais bien Ève. J'avais assez fréquenté de filles qui rêvaient d'îles désertes, d'autres qui voulaient qu'on les épouse sur le champ, que la marotte d'Ève consistant à changer de prénom ne m'étonna pas. D'ailleurs Ève Deschamps, je trouvais que ça en jetait. Cela ne me désarçonna pas davantage lorsque, du même souffle, elle m'apprit qu'elle venait de quitter son emploi. Un boulot de serveuse qu'elle abhorrait et qui lui minait l'existence. Elle voulait jouir pleinement de l'été : ce sont ses mots. Elle me sauta au cou, m'embrassa fougueusement, me murmurant qu'elle irait mieux, que je verrais... J'étais satisfait non seulement d'avoir marqué un point mais je me félicitai de faire preuve de compréhension. C'est le cœur bombé comme un navire en vue d'un chargement exceptionnel que je partis à la hâte pour mon travail ce jour-là. Je soutenais ma nouvelle Ève à cent pour cent dans sa démarche. Tout en elle me défiait d'ignorer mes limites. A fortiori, puisqu'il s'agissait de resserrer nos liens : cela ne pouvait que me réjouir.

À partir de ce jour, elle se convertit au culturisme et redevint enjouée, taquine, comme aux premiers temps de notre union. Elle resplendissait à nouveau, avait retrouvé sa verve, son tonus. Très enthousiaste au début, elle s'entraînait de longues heures dans le vaste salon qui lui servait dorénavant de gymnase. Elle décora les murs de photos découpées dans des magazines de culturisme qu'elle lisait avidement – m'assurant qu'elle ne désirait guère ressembler à ces femmes que pour ma part je trouvais grotesques – et qui la motivaient.

Elle flamba une partie de ses économies à l'aménagement d'un véritable petit laboratoire corporel, sillonnant les ventes d'occasion... Très rapidement elle se dégotta un banc de musculation, ainsi qu'une multitude d'autres objets voués à maximiser ses efforts. Elle se consacra à son délicieux labeur dans son propre temple du culte corporel et m'en voyait ravi. Sa méthode était ce qu'il y avait de plus scientifique. Disciplinée comme pas une, elle bossait fort.

Si d'aventure certains jours elle se levait avant mon départ, je reluquais ses progrès pendant qu'elle s'étirait à loisir. J'apprenais un tas de choses. Elle enchaînait ses tractions devant une glace, jusqu'à ce que les toxines ruissellent sur sa peau. Force m'était d'admettre que ses deltoïdes, pectoraux, biceps, triceps, obliques, grands et petits palmaires s'affermissaient, se gonflaient, se fuselaient. Elle développait des cellules en fibre à l'endroit de callosités dont j'ignorais jusque-là le potentiel. Le temps au beau fixe se juxtaposa à ces hauts et ces bas, qui sont souvent la manière, si ce n'est la raison d'être de l'idéal amoureux. Nous chassions les démons du déséquilibre à grands coups de haussements d'épaule. Nous accusions le remous des vaguelettes, sans modifier l'itinéraire que je lui avais imposé sur un coup de tête, en l'entraînant jusqu'aux confins de sa terre natale.

À l'époque, je rentrais déjeuner chaque midi. Elle m'accueillait, un sourire radieux aux lèvres. Nous prenions l'apéro que nous faisions suivre d'un intermède amoureux. Quels que furent les événements: un cessez-le-feu en Extrême-Orient; la naissance d'oisillons sur le balcon; une baisse du taux de chômage; la libération d'un otage..., tout était prétexte à s'arracher les vêtements et à baiser comme des condamnés à mort à la veille de leur exécution. Trois ou quatre orgasmes à répétition n'étant pas chose rare pour Ève, je fournissais à volonté, totalement à sa disposition. Elle s'étendait sur moi, plaquait ma verge à sa guise et se tortillait langoureusement aussitôt. Y'avait qu'à la laisser prendre son pied. Les jours où je n'arrivais pas à jouir, quand elle n'en pouvait plus de frétiller, elle s'imbibait les seins d'une crème dont je ne suis pas prêt d'oublier le parfum, et d'une main agile me besognait entre ses mamelons hérissés. En général, je repartais avec un sandwich sous le bras, souriant d'une oreille à l'autre. Lorsque les pressions financières commencèrent à montrer leur visage hideux, je me trouvai un boulot à mi-temps dans un resto. Je me farcissais des semaines de sept jours et me demandais franchement ce qu'un homme pouvait désirer de plus.

Le cœur me pétarade à cette évocation du passé, mais il est temps de faire face à la musique et je me force à régler la note. Je me tire avant de sombrer en eaux troubles. Au sentiment d'allégresse se mêle l'exquise plénitude du déchirement. Dehors, tout me ramène à elle : le tintamarre des klaxons provenant des voitures que j'évite, la couleur évocatrice du ciel, les devantures évanescentes des boutiques. Je rêve éveillé et m'évade vers un réel qui en toute chose l'évoque. Partout Ève!

À l'angle de la rue Bonaventure, j'aborde le dernier virage avant de regagner le site, mon inclination au dévouement a le moral à la hausse. Me savoir capable d'aimer Ève au point de la laisser refaire sa vie sans moi est source d'un incommensurable réconfort, je commence à me ressaisir. Je sors de ma torpeur avec le sentiment de tenir toutes les cartes en main.

Dès que je pose un pied sur le gazon, je repère Alain qui s'affaire à visser le panneau d'un commanditaire. Il a l'air d'en baver à cause du vent. Je m'empresse de lui prêter main forte. Lorsqu'il me voit approcher, il laisse choir la publicité, s'essuie le visage de l'avant-bras et m'annonce : «Y'a une fille qui t'attend à la Centrale!»

Je jubile et me transporte jusqu'à la silhouette d'Ève qui fait les cent pas au pied de l'escalier. Tout en moi bouillonne d'espoir et je ferais sans doute mieux de me tordre la cheville. Nonobstant l'effet de l'alcool sur mes réflexes, la chance est avec moi. Elle porte une robe sans manches aux motifs fleuris. J'en tremble d'émotion.

— Tiens! Te voilà! me dit-elle. Je passais dans le coin et…

— J'ai essayé de te joindre toute la matinée... Je m'inquiétais pour toi… Alors ça va mieux?

— Je t'ai pourtant prévenu! J'avais besoin d'être seule.

— T'aurais quand même pu répondre! Comment je ferais s'il y avait urgence?

— Ne change pas de sujet!

— Pardonne-moi ma chérie! Je sais que ces dernières semaines ont été particulièrement difficiles. Mais comme tu peux le constater montrant d'un geste large de la main les installations du site, pour en arriver là... J'ai, nous avons dû...

— Quelles qu'en soient les causes ou les raisons! s'interpose-t-elle en ramenant ses cheveux derrière les oreilles. Tu as changé!... Tout a changé!... Depuis que nous sommes arrivés dans cette ville, tu n'es plus le même... Rien n'est plus pareil... Au début, je me disais que c'était normal! J'ai mis ça sur le compte de notre nouvelle situation... J'ai tenté de comprendre, de m'adapter... Le problème c'est que tu es ici chez toi et moi pas! Ton comportement n'est plus le même... Tu as même repris l'accent... Par moment, je ne te reconnais plus!... Tu préfères passer une soirée avec eux, me désignant mes collègues, plutôt que de rentrer à la maison où tu sais que je t'attends... Ne dis pas le contraire!

Hier soir, par exemple? Oh, et puisque c'est comme ça, restes-y chez toi.

— Chez moi, chez moi... Ils sont tous chez eux sauf moi! Ève, je suis n'importe où sauf chez moi...

— Laisse-moi finir!... En Provence, tu avais fait ta place... Tes tableaux se vendaient moins bien vers la fin, mais tu t'en sortais. T'avais une telle facilité là-bas... Ici, il te faut tout recommencer. Tu as envie de te battre. Moi pas! Et ton bouquin... Pas qu'il soit mauvais... Enfin, si tu crois que ça peut nous aider... Tu as trop vécu pour imaginer revenir et t'insérer dans une telle médiocrité. Regarde les choses en face!... T'es pas plus Québécois que moi... je veux dire maintenant... Ta place est là-bas, avec moi. Qu'est-ce que t'en as à cirer du festival de la saucisse, de la bière, de la galette et de ces ringards?

— Je vois où tu veux en venir! dis-je en levant la main pour lui couper la parole.

— Tu ne vois rien du tout! continue-t-elle. Tu t'es laissé enfariner par ce projet de festival à la con! Je t'aime encore Adam! Mais je ne peux plus vivre dans ce bled! Tiens regarde! surenchérit-elle en me faisant miroiter un billet d'avion. Véronique nous attend!... Elle nous a télégraphié assez de liquide pour payer le voyage. Penses-y! Tu pourras t'occuper du bateau! Comme avant!

Sans vraiment réfléchir à la portée de ma phrase, je réponds :

— Je t'aime plus que tout Ève, mais je ne suis pas prêt à prendre une telle décision aujourd'hui... Pas comme ça...

— Tu m'aimes, tu m'aimes!... Tu nourris surtout

tes propres illusions!... De toute manière, je suis de trop. Tu me traînes comme un boulet. La preuve, tu es prêt à me jeter comme un vieux chiffon ou un ticket périmé... Souviens-toi!... à Cucuron, c'était le paradis comparé à ici, on se la coulait douce : oui ou non?... Tout l'été à se prélasser sur le bateau de maman... N'éprouves-tu aucune tendresse pour moi?... Je t'ai donné trois années de ma vie!... Je ne peux pas vivre six mois par an ensevelie sous la neige! Je suis faite de soleil, moi... J'ai l'impression de parler à un môme... Je t'ai suivi sans rechigner quand tu as voulu participer au référendum, quand tu as voulu prendre part à l'avenir de la Belle Province. Maintenant que vous l'avez perdu votre référendum, reprenons notre vie en main, sinon on va se déshydrater... D'une manière ou d'une autre c'est décidé, je pars!... Si tu tiens encore à moi, tu dois te décider tout de suite, aujourd'hui : soit tu restes et tu gâches ta vie ou tu repars avec moi!

— J'en ai assez qu'on s'occupe de moi! Je veux voler de mes propres ailes. Et je m'en tire assez bien! Nous ne crevons pas de faim! Je subviens enfin à nos besoins...

— On verra bien!...

Sur ce, elle m'enlace. Un flot que je ne peux endiguer me chavire. Je la serre si fort que j'entends craquer son échine. Entre son parfum et sa peau, je ne sais plus où j'en suis. Elle me comble et me désespère. Ses mots, je crois, me perturbent plus que son physique à donner le tournis.

Elle prend ma tête entre ses mains.

— Nous nous desséchons ici, réitère-t-elle. Tu as gravi des montagnes, ce n'est pas le moment de glisser dans le précipice... Tu sembles ignorer ce lien entre nous : toi et moi c'est plus fort que tout!

— Je me répugne Ève... Je me sens pitoyable, dégoûtant!

— C'est déjà magnifique de t'en rendre compte... J'ai modelé ma vie autour de la tienne!... Tu sembles l'oublier... Depuis le premier jour, nous n'en avons fait qu'à ta tête. D'ailleurs je picole presque autant que toi, je te signale... Comment en sommes-nous arrivés là?

Elle s'assied sur les marches tout contre moi et me caresse la nuque. Je me calme. Elle passe ses doigts dans mes cheveux. J'appuie mon visage contre son épaule à m'en étouffer.

— Vers quelle heure penses-tu rentrer? demande-t-elle. Ce soir je veux qu'on parle!

— Si tout va comme prévu, je serai à la maison à dix-neuf heures au plus tard... Ce midi par contre, peut-être...

— Ce midi j'ai des choses à faire! tranche-t-elle.

— Des choses à faire? Comme quoi par exemple? Forniquer avec Suzanne?

Quelque peu désorienté, cette baffe-ci me prend de court. Décidément cela devient une habitude! Ce n'est ni le lieu, ni le moment de provoquer un esclandre mais je voudrais crier, hurler son nom, me lancer à ses trousses lorsqu'elle me tourne le dos pour m'abandonner à mon sort. L'alcool décuplant ma capacité de raisonnement, je compte jusqu'à dix, le temps qu'elle tourne le coin, puis je m'élance derrière elle, déterminé à la rattraper dans la rue transversale, à l'abri des regards importuns. Je me sens ridicule jusqu'au moment où, négociant la courbe, je distingue une tache blonde assise à la terrasse du café d'en face. Cela ressemble étrangement à Suzanne. Je me planque derrière le mur et, de mon poste d'observation, je fais le guet. Mes soupçons se confirment.

Du haut de son un mètre quatre-vingt de purs muscles, Suzanne se penche pour faire la bise à mon Ève. Elles ont de l'étoffe ces deux-là! Suzanne est un spécimen unique en son genre. Un monotype précieux. Jusqu'à preuve du contraire, y'a pas une nana qui lui arrive à la cheville. Et c'est bien là tout le problème. Car s'il s'agissait d'une pécore inconnue, j'irais lui mettre mon pied au cul.

De loin, Serge ressemble à un mime, sans le costume. D'une main, il dessine de petits cercles. Puis, il accourt vers la portière du tracteur et discute avec le conducteur. Ensuite, il cavale à l'arrière et aligne des colombages le long de la trajectoire. Inutile de me faire de la bile, il sera à la hauteur. Je bâille à m'en décrocher la mâchoire.

Alain a du mal avec la perceuse et essaie désespérément d'accrocher au mur de la mairie, un immense drapeau. Autour du parc, nos trois autres acolytes clôturent le quadrilatère à l'aide des barrières anti-émeute. Ils prennent ça mollo. Le contraire m'aurait étonné. Ils sont au summum de leur réelle grandeur, lents et méticuleux. Le budget dont je dispose ne se prête guère à espérer davantage.

Le parc n'étant pas encore fermé, un groupe de punks bigarrés frétille sur des *skate-boards*. Le parvis de la mairie leur sert de rampe de lancement. Une tête hirsute au crâne à demi rasé pourvu de tifs jaunes et verts vient s'abattre contre le ciment à mes pieds. Sa planche continue à rouler sans lui. Je soupire : «Ainsi soit-il!» Il a plusieurs boucles d'oreille dans le nez et grimace comme s'il venait d'avaler des clous. Le pauvre malheureux s'est éraflé les genoux ainsi qu'un coude en tentant je ne sais quelle acrobatie pour impressionner les petites punkettes. Je me penche et lui tends la main pour l'aider à se redresser. Il se contracte et rebondit sur ses pattes. Comme si de rien n'était. Il renifle un peu. Devant ses copines qui l'encerclent, il joue au dur, dépositaire d'une mission, mais laquelle?

J'attrape le talkie-walkie à ma ceinture, désolé de devoir exercer ainsi ma souveraineté sur le territoire, mais il vaut mieux prévenir que guérir. Je suis bien placé pour en savoir quelque chose.

— Sécurité!... Ici Villemure... Pourriez-vous nous débarrasser des *skaters*? Sinon prévoyez une ambulance et une grande cuillère pour les petits morceaux...

— Zéro-quatre! Monsieur Villemure, on s'en occupe! me répond une voix par le biais de la boîte noire.

Quelques secondes plus tard, des molosses les escortent hors d'état de se nuire. Les jeunes acceptent ça comme tout le reste; ils sont à court d'arguments. Ils suivent gentiment les gros messieurs...

J'hésite entre descendre poser mes pieds sur un des bureaux de notre local climatisé sans fenêtres ou avoir l'air d'être occupé à ne rien faire, le temps de disséquer les paroles d'Ève et de digérer ses incartades amoureuses. Il y a là un mystère que je ne suis pas prêt de percer mais que je peux à la limite comprendre. De là à accepter, il n'y a qu'un pas. À cette pensée, j'ai une soudaine envie de hurler à Suzanne et au monde entier que malgré les maux dont je l'ai accablée, Ève me reviendra. Elle et moi sommes soudés par un pacte que seul le diable en personne saurait défaire.

J'entreprends une tournée d'inspection des kiosques, puisqu'il faut bien faire quelque chose; je vérifie les toiles, les attaches, les comptoirs... Mis à part quelques ajustements minimes, cela semble nickel. Je sors un rouleau d'adhésif pour conduit d'aération avec lequel j'étanchéifie les jointures de la tuyauterie. Ce produit, plus communément appelé *duct tape* ou *gaffers* est un don du ciel aux propriétés magiques. Je procède à l'inventaire des pots de peinture dans la camionnette, c'est ce que j'ai trouvé pour m'occuper lorsque Alain m'interpelle sur les ondes : «Adam!... J'ai un besoin urgent d'un coup de main sur le toit du centre culturel!»

Je pose mon sac à dos sur le siège du conducteur de la camionnette, verrouille les portes et empoche les clés. Je le vois qui me fait de grands signes des bras, comme s'il y avait le feu. Au pas de course, je me dirige vers le centre culturel. Dans le hall, je dois ralentir pour ne pas bousculer des bénévoles qui déchargent des caisses de jus de fruits et de flotte. Je grimpe les trois étages. Le temps d'identifier le passe-partout dans le trousseau, j'arrive sur le toit à bout de souffle.

Alain est assis sur un immense drapeau. Comme quelqu'un qui parfait son bronzage, il fume, à en juger le parfum qui m'embaume les narines, autre chose que du tabac de Virginie.

— J'y arrive pas tout seul! dit-il entre deux bouffées. Y vente trop fort!

Puis il écrase son pétard dont il enfouit les restes dans une poche de sa ceinture de menuisier. Moi qui croyais qu'il était dans le pétrin!

Je m'appuie sur la rambarde et considère le panorama. Ce que je vois d'ici me démontre que nous n'avons pas chômé. Les tentes et les kiosques parsemés entre les arbres me font penser à une colonie de vacances. Si ce n'était les nombreuses publicités des différents commanditaires, on pourrait se croire dans un camping.

De mon observatoire, je vois que Serge et le chauffeur de la semi-remorque s'engagent dans une manœuvre finale qui placera la scène dans un angle de quatre-vingt-dix degrés pour pouvoir la faire reculer dans sa niche. Un travail équivalent à passer un fil par le chas d'une aiguille en portant des gants de boxe. À l'autre bout du site, Dan est assis sur un banc. Il parle avec une des filles gravitant dans le cercle des punkettes. Guy et Yves, non loin de là, terminent de clôturer le périmètre avec les barrières. Plus qu'une douzaine de garde-fou, le tour sera joué.

Alain émerge enfin de sa stupeur cannabinacée et vint me rejoindre contre la rambarde. Il déclare : «Ça en fait du matériel, rien que pour une semaine de spectacles» pendant que j'essaie de trouver une formule capable d'alléger le problème conjugal qui le tourmente.

— Alain, si tu as besoin d'un coup de main à la maison, d'ici à ce que Brigitte revienne sur terre, n'hésite surtout pas.

Il croise les bras et hoche la tête comme s'il refusait mon offre.

— Tu sais, cette fois-ci, elle ne reviendra pas.

Je soupire : «Ne dis pas ça». Mais il a de solides raisons de se faire du mauvais sang.

Je lui offre une cigarette et dis : «Les enfants ont quand même besoin de leur mère».

Il ramasse un caillou qu'il lance de toutes ses forces. Il réajuste sa ceinture de menuisier en souriant et me confie : «Brigitte n'a jamais vraiment eu le temps ni la patience de s'occuper des enfants. Elle n'en a jamais voulu. Depuis qu'ils sont nés, c'est ma mère et moi qui les élevons. Elle peut bien aller vivre sa vie, ça ne changera pas grand chose» Cela semble le soulager. Il n'a probablement jamais confié cette vérité à quiconque, lui qui est d'un naturel ténébreux et joue habituellement les durs à cuire. Je réitère mon offre : «En tous cas, tu peux compter sur moi. Quand tu voudras, t'as qu'à m'appeler».

Nous ne sommes que quelques étages plus près du ciel, mais la chaleur est absolument suffocante. On se prend une sérieuse suée. J'enlève mon tee-shirt, j'empoigne la perceuse, quelques vis et un coin du drapeau. Lorsque je me redresse, Alain siffle à travers ses dents : «On croirait pas, à t'voir comme ça! Toi qui n'as jamais un mot plus haut que l'autre!» Je demande : «On ne croirait pas quoi?» d'un ton amusé.

Mes tatouages provoquent presque toujours la même réaction chez les non-initiés. Il ricane et me demande si j'ai été dans l'armée.

— À t'entendre parler, on t'imagine professeur ou quelque chose dans ce genre. T'as dû être dans la marine, c'est pour ça que t'as tellement voyagé!

Je hausse vaguement les épaules et réponds : «Récapitulons! L'armée ne m'aurait pas convenu. La marine non plus!... Pour ce qui est des voyages, j'ai un peu bourlingué c'est juste, mais pour ce qui est des tatouages, disons que c'est une erreur de jeunesse et n'en parlons plus!»

Il se déplace derrière moi pour mieux apprécier l'ampleur du travail et déclare : «J'ai rarement vu autant d'encre, sauf dans un magazine! On dirait une bande dessinée! Qu'est-ce qui est écrit? *Ni Dieu. Ni maître*. Ça ressemble à un jeu de cartes, un jeu de tarot on dirait!»

Je reconsidère la taille du drapeau et opte pour une autre méthode. Je lui demande de me passer deux clous et le marteau.

— Tu n'peux pas clouer là-dedans c'est du ciment!

— Deux gros clous, s'il te plaît lui dis-je en attachant des pierres à l'extrémité des bouts de corde qui pendent des œillets au bas du drapeau pendant qu'il farfouille dans sa ceinture. Il me fournit le nécessaire. Je crucifie l'énorme drapeau du Canada à quelques centimètres de la limite supérieure du mur. C'est sa place! «Bon!Maintenant on descend s'occuper du reste!» Il se gratte la tête et m'annonce qu'il est midi pile et qu'il doit passer chez lui s'assurer que tout est *cool* avec la nouvelle gardienne. «Pas de problème!... On se retrouve vers treize heures trente!» Nous nous séparons au bas de l'escalier du centre culturel. Je continue vers les profondeurs du blockhaus souterrain.

Lorsque je pousse la porte du bureau climatisé, un léger sourire illumine le visage de Jean-Paul. Il fume la pipe tout en parlant au téléphone. Je me laisse choir dans une chaise devant lui en attendant qu'il termine sa conversation. Je ne sais pas à qui il parle mais cela m'a l'air sérieux. Il ponctue chacune de ses phrases par des : «Oui monsieur! Tout à fait monsieur!» D'un doigt nerveux, il s'entortille la moustache comme pour une permanente.

Mine de rien, je consulte un catalogue d'outils.

— Oui monsieur! Mon adjoint est justement ici, nous allons mettre ça en branle sur le champ... À ce soir monsieur le maire! Et si vous avez besoin de quoi que ce soit d'ici-là, n'hésitez pas à me rappeler!

Alors qu'il raccroche le combiné, il arbore la mine déconfite d'un homme coupable de fonctionnariat. Il ouvre un tiroir du classeur, en sort une canette de bière non alcoolisée. Il m'en offre une que je refuse poliment.

— Y'a quelque chose qui cloche?

— Non, pas exactement! Mais monsieur le maire vient de nous passer une commande de dernière minute... Priorité rouge, si tu vois ce que je veux dire! ...

— Ha! Bon! rétorqué-je en pensant c'est bien ma veine, que va-t-il me tomber dessus maintenant?

— Je sais que vous avez eu une semaine chargée... Mais il faudra composer avec! Monsieur le maire a décidé de faire une allocution pour l'occasion, il a invité son entourage à y prendre part... Ce qui implique que nous devons leur aménager un parterre VIP à l'avant-scène et un bar... à proximité!...

— Tu plaisantes?

— Si je plaisantais, j'aurais choisi un meilleur moment!

Sur ce, il décroche du panneau d'affichage un plan du site qu'il étale par-dessus la paperasse sur son bureau. Il décapsule un gros feutre rouge, rallume sa pipe. Il trace un rectangle au pied de l'emplacement de la scène dans lequel il écrit VIP en caractères rouges et gras. Il rajoute : «À quinze heures, le responsable de la sécurité débarquera pour inspecter le périmètre. C'est la priorité!»

— Jean-Paul, les gars sont partis déjeuner... On doit se retrouver à treize heures trente sur place. Tu nous fourniras les détails!

Cela n'a pas l'air de lui convenir, mais la vie est ainsi faite.

Propulsé par un mélange d'angoisse et de fatigue, je file le long du trottoir. Devant la librairie, je respire un grand coup et j'observe qu'on a placé les stands de bouquins en solde par-dessus le tee-shirt que j'ai abandonné ce matin. On n'a pas jugé la chose digne d'être ramassée.

Je ralentis et simule un intérêt soudain pour le contenu des présentoirs. On y retrouve des titres tels que : *Combattre le Stress*; *Gérer sa Pensée*; *La Réussite du Couple*; *Conversations avec les Anges Gardiens*... Je prie pour qu'une accalmie me permette de récupérer ma propriété sans trop me faire remarquer. Or, un flot quasi continu fourmille vers l'intérieur. L'endroit semble particulièrement fréquenté. À bout de patience, je m'agenouille comme si j'allais rattacher mes lacets, je tends la main pour récupérer la pièce à conviction quand j'entends : «Adam! Comment vas-tu?» Cela me fait sursauter au mauvais moment, je me cogne forcément au dessous du stand en relevant la tête... C'est Florence, l'épouse de Jean-Paul qui m'interpelle : «Ça fait des mois qu'on ne s'est pas vus! me lance-t-elle, est-ce que tu t'es fait mal?» Je réponds : «Non non! Ça va! en me frottant le crâne. Je viens de quitter ton mari à l'instant, il est au bureau...» Je lui fais la bise sans ménager mes compliments. Pour une femme qui a accouché le mois dernier, elle s'est rudement bien remise.

— Alors! dit-elle. C'est le grand soir! Je songeais justement téléphoner à Ève aujourd'hui pour vous inviter à vous joindre à nous pour le spectacle. Nous pourrions peut-être dîner ensemble dans un restaurant. Depuis la naissance de la petite, j'ai à peine mis le nez dehors.

— J'en glisserai un mot à ma douce moitié... Je ne te promets rien. En fait, cela me conviendrait mais tout dépendra d'Ève.

— T'en fais une tête... Ça ne va pas entre vous deux ou quoi?

— On fait aller... mais ça a déjà été mieux!

— Ça s'arrangera, tu verras! Nous, les femmes, avons de la difficulté à comprendre votre passion pour ce genre de travail. Et les derniers jours sont les plus difficiles, vous êtes préoccupés, on se sent délaissées. Je sais de quoi je parle, mon *chum* ne tient plus en place. Tu devrais, je ne sais pas... faire preuve de plus de...

— En ce moment, lancé-je alors qu'elle s'approche de la vitrine pour regarder à l'intérieur de la librairie, en ce moment, ça ne va pas du tout! Depuis hier, elle menace de rentrer en France. D'ailleurs, je ne vois pas pourquoi je te raconte ça. En fait, je devrais plutôt me dépêcher.

— C'est la folie là-dedans, dit-elle. J'espère que ça ne prendra pas une heure!

— Une heure?

— Oui, pour obtenir une dédicace! C'est l'anniversaire de Jean-Paul demain et je suis venue lui acheter *Sac à Malices*. Il y a justement une séance de signature avec l'auteur, Hugo Desjardins.

— Une séance de signature maintenant?

— Oui, de midi à quatorze heures! Il paraît que c'est le best-seller de l'année.

Je fais oui de la tête et lui emboîte le pas. Une nuée de parfum bon marché nous précède; nous y suivons quelques dames d'un certain âge. Une force magnétique m'aspire vers l'intérieur. Cela ne m'engage à rien, mais je me connais dans une librairie je suis capable du pire!

Elles sont nombreuses, les groupies, à se presser autour de la table. L'essaim de lectrices me servant de bouclier, je m'introduis dans l'antre du savoir comme dans un lieu interdit. Caché derrière un rayon, je fais semblant de bouquiner tout en observant Hugo. Il est penché sur une pile de romans, un Mont-Blanc à la main, vêtu d'un veston de tweed, un foulard autour du cou par une journée où le mercure indique trente-six degrés à l'ombre. Pas de doute, c'est Hugo. À mon avis, il a dû mémoriser sa dédicace. Les clientes soupirent à chacun de ses boniments. Il n'a d'yeux et de bonnes paroles que pour elles. Je pourrais déambuler autour de la table en marchant sur mes mains qu'il ne me repérerait pas.

Je zigzague entre les rayons vers la sortie arrière tout en extrayant un exemplaire de la monumentale pyramide. Il doit bien y en avoir plusieurs centaines de ce torchon. J'affiche un air circonspect même si la jacquette fait foi d'un certain goût de la part de l'éditeur. Je regarde ma montre et me joins à la queue pour passer à la caisse. Les dames devant moi sont apparemment au comble de l'excitation. Certaines sont très élégantes, d'autres moins, mais elles ont quelque chose en commun : elles se fient aux balivernes des médias et à la photo du beau gosse en quatrième de couverture pour leurs choix de lecture.

«Tout le monde le lit, et t'as vu s'il est mignon, ça doit être bon!»

La jeune caissière, probablement docteur en littérature à temps perdu, semble débordée. Pourtant, il suffit de poinçonner et d'encaisser, mais on dirait que cela est au-dessus de ses forces. À ce rythme-là elle va me bouffer ce qu'il me reste de mon heure de déjeuner. Et si je me fie aux deux caisses, elles doivent être une vingtaine à se presser autour de la table. On pourrait se croire au lancement de la dernière biographie de Céline D. : «Magne-toi cocotte, j'ai pas toute la journée.» Je fouille dans mon portefeuille à la recherche de ma carte de débit car les vingt-neuf dollars quatre-vingt-quinze avant taxe, je ne les ai pas en liquide. Il me revient à l'esprit d'avoir laissé le bout de plastique à Ève. Je suis à cran mais, au lieu de me dégonfler, je fais un repérage sommaire des lieux, retourne sur mes pas et m'enfonce entre deux rayons. Je déplie le journal que j'ai sous le bras, y enfouis l'ouvrage puis me fraye un chemin vers la porte. Ce n'est pas la première fois que je pique un livre, je me suis même abonné à la bibliothèque municipale pour cette raison car il m'est impossible de quitter ce genre de commerce les mains vides. Mais de là à me faire épingler pour ce truc à la con, il y a une marge.

Dehors, mes premières enjambées sont lentes et calculées; je m'attends à ce qu'un imbécile me pose une main à l'épaule. Je ne dois surtout pas me retourner, je connais la rengaine. J'y vais doucement, bien que mon cœur pompe jusqu'à l'intersection de la rue Saint-Georges où je retrouve aussitôt la cadence d'un homme pressé de continuer à toréer avec la vie. J'emprunte un parcours elliptique, sème mes traces jusqu'au bas de mon immeuble. J'éponge les gouttes de sueur qui me coulent dans les yeux.

Le camion de la voirie s'en est allé avec à l'intérieur deux assassins très fiers de leur trophée. Ils célèbrent sûrement leur victoire de tarés rémunérés au taux horaire des jours fériés. On vit dans un monde sans rémission où il se raconte n'importe quoi sans complexe. Qui ramasse la facture?

Le champ est libre dans le hall d'entrée. Je m'immobilise néanmoins sur la première marche à cause du bruit en provenance de chez ma charmante propriétaire, l'honorable madame Blanchette. Bien que difficile à cerner de prime abord, je distingue peu à peu ce qui ressemble au vagissement d'un lit qui grince. Le va-et-vient se ponctue de grognements dont le manque d'harmonie entre les soupirs ne laisse planer aucun doute. Ces deux-là ont trouvé mieux à faire que de dormir à l'heure de la sieste. Avec la porte ouverte à part ça!...

J'imagine la masse de chair flasque de madame Blanchette, coincée sous le poids répugnant de l'autre, s'adonnant à vous savez quoi dans leur baisodrôme capitonné. Le gros dégueulasse lime tout son saoul avec la vigueur d'un incube qui continue à gigoter lorsqu'on lui transperce le cœur d'un pieu. L'image me révulse et m'excite à la fois. Je ne vois d'ailleurs pas en quoi cela serait contradictoire. Je monte dare-dare chez-moi.

Dans l'appartement, personne ne répond à mes appels répétés. Je passe d'une pièce à l'autre, arpentant la piaule en vain. Je suis bel et bien seul. Ce qui me convient parfaitement car je n'ai pas trouvé le temps de mijoter une contre-attaque. Il me faut réviser mon plan de bataille alors que je suis incapable de voir la réalité telle qu'elle est. Je vais reprendre les choses en main. Faites-moi confiance!

Sans aucune hésitation, je compose le numéro de Suzanne. Puis au troisième coup de sonnerie, j'abandonne la partie. Je raccroche le combiné, embarrassé par cette pulsion avilissante qui consiste à vouloir me mêler de ce qui ne me regarde pas.

Je tourne en rond dans le salon, traînant autour du banc de musculation, attentif au moindre signe qui pourrait trahir les intentions cachées du destin. Je sens un trou se creuser dans mon ventre vide mais je n'ai pas très faim. Malgré le relatif calme des lieux, la succession des cataclysmes du jour me tombe comme du gravat dans l'estomac.

Je me déplace vers la cuisine comme on traverse un champ de mine. Jusque-là, rien à signaler. Par la fenêtre où le voile dentelé de feuilles n'est plus, on voit maintenant l'immeuble d'en face dans son aveuglante limpidité. Sur le balcon, étendu sur une chaise longue, un échantillon de ce que la nature humaine a de plus beau à offrir prend un bain de soleil. Elle est toute en jambes sur lesquelles elle applique conscieusement de la lotion. Je suppose qu'il faudra tôt ou tard poser un rideau. En ouvrant la porte du frigo en quête de glaçons, je mets les pieds dans une flaque d'eau. Le congélateur a claqué. La petite ampoule ne fonctionne plus dans le compartiment du dessous. Décidément ce n'est pas mon jour. Je pose mon verre et ricane en me traitant d'imbécile, puis donne un coup d'éponge avant de sortir un reste de poulet. Je hache un oignon, prépare quelques pommes de terre, tranche des ronds de carotte. Je mélange le tout dans une casserole avec un peu d'huile. J'hésite entre une fricassée ou des légumes en sauce.

Du tiroir à nappes, j'extirpe les *Beaver Fever* ainsi que des *Girls Only*, des mois de mai, juin et juillet que Ève me cache depuis Dieu seul sait quand. Et elle ne perd pas de temps, nous sommes aujourd'hui le premier juillet. Peut-être même s'est-elle abonnée? Elle qui ne parle ni ne comprend un traître mot d'anglais semble tout à coup bien intéressée par la langue de Shakespeare. L'allégorie de nymphes, fessiers retroussés et vagins entrouverts dans des positions suggestives ne nécessite guère de connaissances approfondies de la syntaxe ou du vocabulaire. Des mises en scène invraisemblables se succèdent : Diane chasseresse en jupes évanescentes dans une ambiance château à l'heure du cocktail, madame la baronne à genoux devant le temple des porte-jarretelles écartelé de la belle fermière, une mécanicienne experte en matière de lubrification sous le capot. Toutes ont des visages de saintes à l'heure de la prière que leurs langues à tête chercheuse toutes griffes dehors sont prêtes à profaner. Faute de glaçons, j'empoigne la bouteille et m'envoie la longue rasade du bandit en fuite.

Je baisse le feu sous les légumes d'une main, tout en poursuivant ma lecture de plus en plus *hard*, de l'autre. Ces dames sont bronzées, musclées, belles à s'en mordre le nœud dans un gymnase de luxe, d'autres attachées, bâillonnées, soumises au sort des mains qui les tripotent, dont une dotée d'un énorme godemiché. Et moi qui croyais que mesdames muscles gagnaient leur vie en donnant des cours d'aérobic! Cela ne m'explique en rien pourquoi Ève s'acharne à planquer ces magazines, car d'un point de vue purement artistique, les photos sont très réussies. De quoi être en mesure de se branler convenablement, mais j'ai les réflexes annihilés.

Le point d'ébullition des légumes me contraint à reprendre conscience de la réalité. Je range les revues dans leur tiroir attitré en ressassant le souvenir d'une fille avec qui je vivais, il y a de cela des siècles. Elle s'appelait Mimi et exigeait que je l'attache aux montants du lit, puis hurlait en jouissant jusqu'à plus soif. Cela a duré un bon moment, jusqu'au jour où je l'ai laissée ligoter une journée entière pendant que je vaquais à mes occupations.

J'éteins le feu sous la casserole. Je déplie le journal d'où je sors le bouquin de Hugo. J'ai du mal à croire qu'un malheureux roman, probablement tiré à mille exemplaires, provoque des remous jusque dans ce bled paumé. Je soupèse cent quatre-vingt-dix-huit pages de papier vélin qui sent bon l'encre fraîche. Je l'examine sous toutes ses coutures : l'éditeur a fait un travail de maître. La couverture est alléchante et les titres des chapitres sont racoleurs à souhait. Je lis le compte-rendu. Je ne suis ni flatté, ni outré; j'en conclus que ce sont là les soucis de toute une génération: la drogue, le sexe et la violence ne font l'objet d'aucun copyright. Sur la pochette il est écrit : *Ce livre est résolument de son temps. Un véritable manuel à l'usage des survivants des grandes hécatombes.*

Faut quand même pas charrier! De toute manière, vouloir être de son temps c'est déjà être dépassé! J'avale quand même la pilule. J'encaisse le coup en me versant un grand verre de Cutty Sark. «Inutile de combattre le courant» me dicte la petite voix du gros serpent lové dans mon for intérieur : «Un peu de courage! T'as rien à perdre!»

Dès les premières phrases, je me sens blêmir: «Je me suis parfois égaré du droit chemin. Il serait mensonger de suggérer que j'en aie payé le plein prix.» Jusque-là ça va, qui plus est, ça me branche! Je pousse plus avant comme on marche sur la rambarde d'un des ponts traversant le Saint-Laurent par un jour de très grand vent. À mon grand désarroi, le rythme, le souffle, le style : tout y est! Sa première page est de mon point de vue excellente. Le narrateur souffrant secrètement de dyslexie sévère s'apprête à commettre un braquage avec un associé auquel – au lieu d'avouer cette tare – il rédige une note qu'il devra remettre à la caissière. Si ma mémoire ne me fait pas défaut, il s'agit d'un fait vécu qui s'est terminé en comédie burlesque, vu que l'associé c'était moi. C'est bien amené son truc, le ton est assuré, l'astuce par laquelle il présente ses personnages me convient. La seule chose qui m'intrigue est la manière dont il s'y est pris pour redorer le blason d'une aventure à ce point minable. Avouons-le, nous aurions pu flinguer des innocents ou mieux encore, nous entretuer. Et pour si peu... Ce qui me défrise aussi, bien que dans la réalité romanesque tout soit permis, c'est son inversion subtile des rôles. Salaud! C'est lui qui conduisait et moi qui ai presque risqué ma peau. Nous nous sommes dégonflés au dernier moment...

— L'enfoiré! l'enfoiré! hurlé-je en balançant le volume dans un coin de la pièce de toutes mes forces.

Je ne sais pas ce qui me retient de retourner à la librairie lui faire une tête au carré à ce fumiste. Le fait de n'avoir jamais pu me fâcher contre lui doit y être pour quelque chose. Le fait est que j'aurais honte de lui dévoiler ma situation actuelle, alors que lui baigne dans sa gloire éphémère pour avoir raconté nos ratages, contribue à clôre le sujet.

Pour une raison que je risque longtemps de regretter, je m'arme d'une paire de ciseau. Je découpe mon manuscrit en rectangles d'un quart de page. Je tranche entre les mots pour apaiser ma fureur. Un feuillet à la fois. J'écris des «je t'aime» ponctués de cœurs au stylo feutre sur les fragments de mon œuvre, des «ne me quitte pas» des «donne-moi une autre chance». Lorsque je considère en avoir suffisamment, je passe à la chambre les enfouir dans les poches des vêtements, entre les slips, dans les souliers et les chaussettes de mon Ève à moi.

Épuisé, j'éprouve le besoin de m'étirer. Je me masse les jambes et m'allonge sur le lit défait. De ma vie je n'ai jamais été aussi fatigué. Le parfum aigre-doux de Ève dans les draps défraîchis me berce. Je suis sous hypnose. L'arôme de son épice particulière m'enveloppe tel un baume. Passant le bras sous l'oreiller afin de le repositionner, un slip jaune à rayures me glisse près du visage. Je le déplie pour le lancer au pied du lit, puis un deuxième minuscule bout de tissu blanc se trouve à l'intérieur, une chose si petite que je m'imagine mal ce qu'elle pourrait habiller. Je me retourne sur le dos, achevé, et me les colle sous le nez tour à tour. Je n'ai pas besoin d'un dessin. Un salmigondis de fantasmes me fait tourner la tête... : Ève, Suzanne, les mannequins des magazines... Une trique d'enfer s'ensuit. Le genre d'érection frôlant la douleur. Mais le cœur n'y est pas. Une fatigue que je suis impuissant à combattre me gagne et presque instantanément je m'assoupis. Toutes mes pensées s'entrechoquent jusqu'à ce que, de cette confusion, émerge un personnage qui passe de l'obscurité à la lumière. Quand j'arrive à entrevoir son visage, Hugo est assis sur un trône de feu, un paysage défile à grande vitesse derrière lui comme projeté en accéléré. Il est nu entre les flammes et son sourire évoque la détermination, l'ouverture, la liberté. Il utilise pleinement le feu frémissant autour de lui pour provoquer la sensation d'une course délirante. Il lui pousse des ailes de plumes multicolores qui lui permettent de s'envoler. Il laisse se dérouler le passé afin de s'en libérer l'esprit. Il a tout ce dont il a besoin et semble en communion avec lui-même. Il ouvre les bras largement. Quand il respire, son torse se gonfle. J'ai l'impression qu'il va parler. Mon champ de vision est traversé de silhouettes et d'objets qui me paraissent brûlants. Les couleurs, les formes, les mouvements reflètent mon chaos intérieur.

Soudain le télé-avertisseur de ma ceinture sonne l'alarme, me ramène à la réalité. J'ouvre un œil, mes bras sont ankylosés d'avoir servi d'oreiller de fortune. Je prends connaissance de la teneur du message: il est treize heures cinquante-neuf et Jean-Paul m'attend dans le bureau. Je prends tout de même la peine de laisser un mot à Ève et le scotche sur le miroir de la salle de bains.

Dehors, le soleil est à son zénith.

C'est sans doute une réaction due au retard injustifiable que j'accuse, mais il me semble que Jean-Paul tire une sale gueule à mon arrivée. Il interrompt illico sa discussion avec Serge et se plante devant moi me postillonnant au visage : «Qu'est-ce qui te prends de disparaître de la sorte? Tu pourrais m'avertir que l'on joue à cache-cache. Pourquoi suis-je toujours le dernier avisé de tes changements de programme? Le maire et ses sbires t'attendent devant la grande scène! À partir de cet instant, tu me feras le plaisir de répondre au portable, et le talkie-walkie tu te souviens comment ça fonctionne?... De plus, tu sens le fond de tonneau! Fais ce que tu veux de ton temps libre, mais de grâce, ne m'arrive pas à moitié pété, en tous cas pas aujourd'hui! Tiens!»

Il me tend un bâtonnet de chewing-gum. Une veine lui bat sur le bombé du front comme si la foudre allait jaillir de son crâne. Enfin, je commence à y voir à peu près clair et je n'ose soutenir son regard. Je sors le talkie-walkie de mon sac à dos, me passe la ceinture autour de la taille et ajuste le volume en bâillant de toutes mes forces.

— PIRE ENCORE! éructe-t-il. Leblanc a perdu les clés du break! On ne retrouve plus le double.

Je glisse la main dans une poche, j'en sors un anneau de clé que je balance à Serge qui me décoche un clin d'œil alors que Jean-Paul lui tend une adresse sur un bout de papier et précise : «Bon, bien, tu sais ce qu'il te reste à faire!»

Nous sommes maintenant face à face et Jean-Paul a suffisamment d'arguments solides pour m'admonester pendant l'heure qui suit. Comme j'abonde dans son sens à chacune de ses récriminations au bout de quelques phrases, il se lasse. L'intimité que nous cultivons depuis notre rencontre nous facilite la tâche et toute tension entre nous se suspend.

— Allons voir nos invités!

Jean-Paul se dirige vers le maire et ses deux hommes de main qui se tiennent au pied de la scène, alors que je fonce en direction de mon équipe volante qui forme un petit groupe à l'écart. Ça discute ferme dans les deux camps. Dan, les mains dans les poches de son short pattes d'éléphant, casquette de rappeur à l'envers commence le bal en m'interpellant sur le ton de la plaisanterie :

— Hé! Rockefeller! s'esclaffe-t-il. On t'attend depuis une demi-heure. J'espère qu'on est payé en heures supplémentaires!

— J'ai besoin d'aide pour l'installation des derniers drapeaux, affirme Alain en collant son visage au mien. À part ça, j'aimerais te parler en privé, quand t'auras une minute!

Je recule un peu. Je me doute de la raison pour laquelle il a le blanc des yeux d'un rouge si vif. Serge se gratte les testicules en souriant vers un auditoire de jeunes filles curieuses qui jacassent entre elles, par petits groupes, de l'autre côté des barrières ceinturant le parc. Guy et Yves fument en buvant du café dans des verres de carton.

— Écoutez-moi bien! dis-je en dévisageant Dan. Avant de répondre à vos innombrables questions, sachez que les trois asticots avec lesquels Jean-Paul s'entretient sont les grands patrons de nos patrons. J'aimerais qu'ils ne nous voient pas avec les doigts dans le nez, ils pourraient s'imaginer que nous ne sommes bons qu'à ça. Faites-moi plaisir, allez nous chercher une vingtaine de barrières pour l'avant-scène... Sans avoir à me répéter ou même à lever le ton, ils s'exécutent.

— Si cela peut vous motiver, nous sommes rémunérés en heures supplémentaires, puisque aujourd'hui premier juillet est un jour férié!

Je rejoins les têtes pensantes. Je serre la main d'un Frankenstein au physique de culturiste n'ayant pas su s'arrêter à temps, puis d'un Quasimodo au visage ravagé, et finalement de M. le maire qui, avec un rien de finesse, se confond en phrases réparatrices. Il me soupèse la main comme un médecin prendrait mon pouls. Il dit comprendre que nous sommes très occupés et espère que ce contretemps ne nous causera pas trop d'embarras.

D'une voix éteinte et monocorde, je le rassure:

— Nous sommes ici pour ça... Monsieur le maire...

Je m'étonne parfois de la grandeur d'âme dont je peux être capable.

Jean-Paul délimite l'emplacement hypothétique du fameux parterre VIP à l'aide d'une bombe aérosol orange fluo. Il déroule son plan du site sur lequel se penchent le maire et ses acolytes. Pendant ce temps mes quatre virtuoses rappliquent avec les barrières anti-émeute.

Je me recule et observe l'aire en question d'une certaine distance, de divers points de vue. Puisque c'est crucial, sans mentionner que cela relève de ma responsabilité, je m'acquitte de mon travail de planification avec un certain plaisir. Puis je rejoins la mêlée autour du plan de match, et sur un ton bienveillant, j'annonce la couleur :

— Si vous voulez mon avis, nous devons faire pivoter le rectangle afin que les fans puissent accéder ne serait-ce qu'à la moitié de l'avant-scène. Sinon les artistes n'auront aucun accès direct à leur public. Cela n'exclut pas que nous pourrions rajuster les dimensions...

Les sourcils ébouriffés de Jean-Paul se dressent. J'espère que ma phrase est toujours récupérable! Les deux monstres mythiques et le maire baragouinent maintenant dans la langue de Shakespeare. Leur délibération est brève, ils semblent d'un commun accord quand Frankenstein fixe intensément Jean-Paul et lui balance :

— Il faut un minimum de deux mètres entre le

public et monsieur le maire en toutes circonstances! On est d'accord là-dessus! Je crois que vous comprenez le topo? Pour les détails on vous fait confiance! Nous serons de retour vers quinze heures trente. Au revoir!

Tout le monde opine du bonnet, puis la trinité officielle retourne d'où elle était venue.

Pendant ce temps, Dan aide Serge à dérouler la moquette que je leur demande de poser perpendiculairement au repérage initial.

— C'est parfait! Continuez le bon travail les gars, vous êtes des as! dit Jean-Paul et il décampe.

Avant qu'il n'ait atteint le bas de l'escalier, je rassemble mes troupes afin de les laisser souffler un peu. Je les sens sur le point d'exploser; quand je prononce le mot pause, l'électricité est palpable entre nous. J'invite alors Alain en retrait, côté cour, pas très loin des électriciens qui installent les spots sur les portantes, à cette distance; personne ne pourra nous entendre. La magie du festival commence réellement à se faire sentir.

La situation avec Alain est délicate, je pèse mes mots avant d'ouvrir le dialogue alors qu'il joue avec un bout de corde en fixant le vide. Je vois à son visage qu'il a encore pleuré et pas qu'un peu.

— Si jamais tu as besoin d'un coup de main à la maison, après le festival j'entends, ou même pendant, n'hésite pas! Avec trois enfants, deux têtes valent mieux qu'une. Tu peux compter sur moi, surtout que...

— Elle me le paiera! me coupe-t-il en secouant la tête.

Il ne s'étend pas. Je me risque :

— L'important est de savoir à quoi t'en tenir. J'ai

connu des types à qui l'on a raconté des histoires pendant des années sans jamais chercher à comprendre. Mais toi, maintenant, tu vois où tu te situes dans tout ça.

— Elle n'a même pas eu le cœur de l'avouer, c'est son gros tas de merde qui a parlé à sa place.

Il poursuit son jeu schizophrène avec la corde, l'air hagard, sans me regarder dans les yeux.

— Alors pour toi, déclaré-je, la fidélité c'est vachement important? Moi tu vois, j'ai appris à voir les choses sous un autre angle! Quand j'étais plus jeune j'ai trompé mes maîtresses... Certaines d'entre elles m'ont trompé.

— Elle va payer! finit-il par conclure en me sondant d'un air dément.

Il fait volte-face, me laissant cloué sur place. Je regarde le bout de corde par terre comme s'il s'agissait du fil conducteur de mes pensées.

C'est la voix de Serge qui m'arrache à mes dédales intérieurs.

— Pourrais-tu nous dire ce qu'il reste à faire d'ici la fin de la journée?

— J'arrive!...

— T'as pas l'air dans ton assiette! s'inquiète Serge. As-tu encore veillé tard hier?...

— As-tu des problèmes de cœur? renchérit Dan.

— Ou de cul? s'esclaffe Yves.

— Je suis flatté de l'intérêt que vous me portez. Disons qu'il s'agit d'un mélange des trois.

— Ça serait pas la petite brunette de ce matin qui te donne du fil à retordre? questionne Dan.

— Tu l'as remarquée!

— On l'a tous remarquée! s'interpose Serge. Super

nana que tu nous cachais là Adam!

Est-ce la même qui parle avec un drôle d'accent?

— Pour ton information, elle parle simplement français!

— Ah, une Française!

— Comme toi, comme moi, comme nous! sauf qu'elle a l'accent du Midi ou du Sud de la France si tu préfères, voilà tout!...

— Il paraît qu'elles sont cochonnes les Françaises!

Je change de sujet avant de perdre les pédales:

— Pour aujourd'hui messieurs, annoncé-je en consultant mon agenda. Il n'y a plus tellement matière à s'inquiéter car nous touchons au but. À moins d'un imprévu nous devrions pouvoir terminer la journée en beauté et dans un certain calme. Je tiens à vous remercier encore une fois pour votre travail. On n'y serait pas arrivé sans vous.

— V'là Jean-Paul! annonce un d'entre eux.

En guise de signal, je me racle la gorge. Ils investissent le parterre VIP et les autres travaux en cours comme si le festival leur appartenait.

Jean-Paul me propose de faire une tournée d'inspection sur l'autre site, question de se dégourdir les jambes et de s'assurer que nous n'avions rien oublié. Il est rayonnant en me montrant la forgonnette qu'il vient de s'acheter. Il m'installe au volant de sa nouvelle acquisition; il m'en vante exhaustivement les mérites:

— Fallait faire le grand saut un jour ou l'autre juge-t-il en allumant sa pipe. Depuis des mois, je répète à Florence qu'il nous faut quelque chose de plus spacieux. Et avec le nouveau-né. Eh, bien! Je m'estime heureux car j'ai fait une bonne affaire. C'est arrivé tout à fait par hasard. Je passais chez le garagiste pour un problème d'embrayage sur la Datsun et ce bijou m'attendait. Seulement il fallait faire vite car une telle occasion ne se présente qu'une fois. Il y avait déjà de nombreux intéressés sur les rangs. Je suis passé voir mon banquier avant qu'on ne me tire le tapis sous les pieds. J'ai réussi à changer l'autre tas de ferraille contre cette perle moyennant une certaine somme naturellement. Il ne reste plus qu'à transférer *les enregistrements,* les papiers... C'est Florence qui tombera des nues. Je ne lui ai encore rien dit, c'est une surprise!

— Elle roule comme un charme! le rassuré-je pour qu'il cesse de se justifier. À mon avis t'as fait un très bon choix. Florence va être ravie.

Nous garons le petit bijou en question au niveau supérieur du Parc portuaire. Je laisse les clignotants allumés. Nous faisons le tour en inspectant les installations chacun de notre côté. De part et d'autre, bénévoles et commis préparent leurs kiosques respectifs pour la grande razzia de ce soir. Les marchands se frottent les mains pendant que les employés empilent leur camelote dans les points de vente.

Sur la scène de l'Agora, une chorale répète alors que les techniciens ajustent l'éclairage. Comment s'y prennent-ils pour régler des projecteurs en plein jour? Cela restera toujours un mystère pour moi. Je m'enquiers auprès de tous et de chacun afin de savoir s'ils ont besoin de quelque chose. Quand je rejoins Jean-Paul, il me félicite me disant qu'il aurait eu besoin, les années précédentes, d'un adjoint de ma compétence. Nous remontons vers le véhicule, très fiers de notre faible pour le travail bien fait.

— Non mais je rêve! s'égosille-t-il en arrachant la contravention qui trône sous l'essuie-glace.

C'est bien la première fois que je le vois s'emporter de la sorte... Il jette le bout de papier par terre et l'écrase du talon avant de s'installer au volant, furibond.

— Tu devrais peut-être la ramasser, suggéré-je en douceur. Le festival pourrait te rembourser!

Il me lance un regard d'où jaillissent des éclairs, ouvre violemment la portière et récupère la contravention qu'il pose sur le tableau de bord. J'aime les situations critiques. J'ai du mal à contenir un irrépressible envie de rire. Je nous imagine débarquant au Parc Duplessis alors que l'équipe se prélasse au soleil. Je jouis à la seule pensée qu'ils n'ont rien foutu depuis que nous sommes partis.

Jean-Paul conduit à une vitesse excessive. Je souris à l'idée que l'on puisse se mettre en rogne pour si peu. Nous arrivons au Parc et les hommes sont sur le qui-vive. Dès que nous surgissons dans son champ de vision, Serge nous fait signe de regarder autour de nous, d'un geste de la main. Voyez ce que nous sommes... Des experts!

Quand Jean-Paul coupe le contact, force nous est de constater qu'ils ont donné leur maximum. Il fait un tour d'horizon rapide, puis me dit que nous avons là une équipe dont nous pouvons être fiers. Je surenchéris en ajoutant qu'il suffit de leur donner des ordres précis. Quand ces gars-là se concentrent, ils sont capables de déplacer des montagnes.

Jean-Paul consulte sa montre. Il me tend un billet de vingt dollars et me propose de leur offrir un coup pendant la pause.

— Ils méritent bien ça... Revenez pour... Seize heures! précise-t-il.

Ce n'est pas moi qui oserais le contredire.

— Villemure, à l'équipe d'aménagement! Rassemblement immédiat, côté jardin!

Je les vois se ramener d'un pas indécis. Ils s'imaginent que j'ai encore un truc désagréable à partager. Mais dès que j'ouvre la bouche, c'est l'unanimité. Ils se chamaillent sur l'endroit où aller. Un suggère le Maquisart, l'autre le Zénob, et pour ma part je m'en contrefiche pour autant qu'ils se dépêchent. Pour régler le différend, je propose de tirer au sort et leur suggère ceci :

— Côté pile c'est vous qui choisissez et côté face on va à l'Embuscade.

— Répète donc ça! lance Serge.

— Attendez, qu'est-ce qu'est pile et qu'est-ce qu'est face? demande Dan.

— Pile ou face?

Enfin bref! Nous partons pour le bistrot.

Nous nous déplaçons comme un seul homme appréciant à sa juste valeur le nombre affolant de belles filles en tenues de saison qui peuplent les rues. La folie estivale déborde des terrasses. Nous allons enfin pouvoir y goûter. Une certaine fatigue transpire de notre comportement. La moindre blague provoque des éclats de rire. Un rire qui, comme la bêtise, est très contagieux. La fébrilité des grands moments nous accompagne. Je commence à avoir violemment soif.

J'ai la tête dans les nuages mais des bribes de conversation m'effleurent. Il est question d'une série télévisée sur la probabilité d'une autre forme de vie dans l'univers. Le vote est divisé, deux pour, deux contre, un indécis. Je réplique que si les extraterrestres étudiaient notre groupe en ce moment, ils seraient déçus d'avoir fait un si long voyage pour rencontrer une telle bande de zigotos!

Les démonstrations d'exubérance déferlent de la terrasse de l'Embuscade où les visages familiers surabondent. Mes acolytes estiment qu'il doit y avoir là quelques cœurs esseulés et que nous devrions nous joindre à elles à la seule table disponible. J'ai beau leur vanter les avantages de la semi-obscurité, des ventilateurs à l'intérieur, ils insistent. Je propose encore une fois de tirer au sort. Ils sont méfiants. Je donne une pièce d'un dollar à Serge qui annonce la couleur:

— Pile on s'assoit dehors, face on rentre...

Il propulse la pièce dorée vers le ciel, elle rebondit sur le sol. On me suit vers le confort parfumé des murs fraîchement repeints. Les ventilateurs dispersent la chaleur étouffante. Nous sommes les seuls à l'intérieur mis à part Yolande qui trône derrière le bar en forme de fer à cheval. Je commande des pichets de bière et un Perrier pour Guy qui ne consomme jamais d'alcool.

Nous décompressons en nous remémorant, à qui veut bien les entendre, les hauts faits de cette semaine pour le moins exigeante. Nous nous portons mutuellement des toasts et discutons ferme. Les solécismes se succèdent en un long débit d'absurdités auxquelles je fais semblant de m'intéresser. J'ai besoin de réfléchir. Je préférerais faire un flipper en solitaire. Chaque fois qu'une femme passe près de nous, un rigolo du groupe lance une remarque salace, comme s'ils sortaient d'un pénitencier après avoir purgé une très longue peine. À en croire la teneur de leurs propos, ils ne pensent qu'à ça!

Les minutes s'égrènent, les pichets se succèdent, la conversation s'anime. Gilles Maheux que je n'avais pas remarqué, l'air épouvanté comme si la foudre l'avait frappé, donne un solide coup du revers de la main, à quelques centimètres de moi, sur le zinc. Cela instaure un certain silence, puis la conversation reprend son cours et Gilles ordonne :

— Yolande!... Donne-moi un double scotch avant que je m'évanouisse!

Il pose ensuite sur moi un regard vitreux qui, dans l'éclat de ses cheveux prématurément argentés m'astreint à le regarder. Il plaque son visage sur le mien. Son haleine m'incommode au plus haut point.

— Dis-moi qui t'a donné le tuyau? exige-t-il.

— Le tuyau? Quel tuyau?

— Belle de mai! Te fous pas de ma gueule! Y'a juste Ouellette et toi qui l'avez parié!

— Et alors?

— Viens! faut que je parle! insiste-t-il en me poussant vers les toilettes.

Ça tombe bien, j'ai envie de pisser. Je me laisse entraîner sans trop de difficulté. Avant même que je ne réussisse à défaire ma braguette, il se plante devant l'urinoir et me secoue l'épaule tout en disant :

— Elle est rentrée!

— Rentrée? questionné-je carrément interloqué.

— C'est pour ça que tu m'attendais! Je t'avertis, Pour Ouellette et toi, c'est fini!

Sur ces entrefaites, Serge rentre et très discret s'engouffre dans la cabine; puis, en rigolant, il nous prévient qu'il vaudrait mieux ne pas trop traîner par-là car il a une bombe à lâcher : une bombe puante.

— Ce que t'essaies de me dire, murmuré-je à Gilles, c'est que le cheval a gagné?

— 99 contre 1... Vous venez de me ruiner.

— Te fâche pas Gilles... C'est un hasard! Le hasard en personne si tu veux mon avis! Je ne le connais pas ton Ouimette! Je travaille moi, j'ai pas que ça à faire! J'ai des témoins.

— Ouellette! Bâtard! Pas Ouimette!

Il sort de sa poche une liasse de billets comme je n'en ai pas vue depuis longtemps. Il se met à compter, fiévreux, tout en m'avertissant à voix basse :

— Mille! C'est tout ce j'peux te donner aujourd'hui. Le solde, moins cent vingt dollars que tu me dois... Tu sais compter jusque là? Jeudi prochain, même heure même poste. Puis tu ne gages plus chez nous! Ni toi, ni Ouellette! Compris! J'acquiesce de la tête alors qu'il me fourre de force les billets dans une main, l'air dégoûté.

— Ce n'est pas moi qui décide, tu comprends, conclut-il en poussant la porte.

Serge émerge de la cabine; il se lave les mains en m'observant dans la glace. Je recompte mon gain. Voilà que la solution à quelques-uns de mes soucis majeurs vient de me tomber du ciel. J'attends néanmoins une quinzaine de secondes avant de hurler de joie.

— Je crois que cela mérite une tournée. À condition que tu ne mentionnes rien de ce que tu viens d'entendre à quiconque. Même que pour acheter ton silence, tiens! je te refile un billet de cinquante dollars! Le pacte est scellé!

— Je ne vois pas de quoi tu veux parler! répond-t-il, en empochant le cadeau. T'as le cul béni Villemure! T'as l'air de rien avec tes manières de professeur de français mais tu commences à m'impressionner...

— Pure coïncidence mon cher Watson! Pure coïncidence...

J'offre une dernière tournée de téquila-limette, des Kamikazes selon Serge. Nous devrions repartir mais ils en ont gros sur le cœur et je les laisse discourir. On a beau penser que je bois trop, mais à voir leurs joues empourprées, je préfère mon degré de tolérance au leur. Serge insiste pour une dernière toute petite tournée du même carburant. Malgré mes protestations, Yolande nous sert et nous avalons cul sec.

— Bon! Allons-y! lancé-je. Sinon Jean-Paul va resserrer la laisse.

— Qu'est-ce que tu veux qu'il fasse? demande Alain.

— Ouais! ajoute Dan. C'est notre dernier jour!

— Nuance! Vous n'y êtes pas du tout. C'est le dernier jour de montage, mais ensuite vous vous relaierez à la permanence pour la durée du festival. N'oubliez pas qu'ensuite il y aura le démontage... Jean-Paul sera là à vous surveiller comme une ombre. Allez!...

Nos talkies-walkies s'emballent : «Jean-Paul à Adam Villemure!... Viens me rejoindre avec deux hommes devant la grande scène, c'est urgent!»

Cela renforce mon point de vue. Nous quittons L'Embuscade. Ils sont plus imbibés que je ne le pensais et je leur demande d'être d'une totale discrétion autour de Jean-Paul. Cela les fait rire. J'insiste en leur assignant des tâches précises à effectuer pendant que Serge, Dan et moi allons nous occuper de cette soi-disant urgence.

Jean-Paul nous attend de pied ferme avec une directive qui vient de très haut, peut-être de Dieu tout-puissant ou de Dieu le maire. Le moment serait mal venu de le chambrer, d'autant plus qu'il met la main à la pâte, et ma foi, à ce rythme-là, il risque de nous faire un infarctus. Nous devons démanteler le parterre VIP, et tout reprendre à zéro. Serge, Dan et moi nous activons à fond de train. On a beau en avoir ras le bol des efforts physiques, – qui, à ce stade de notre épuisement, ne sont que viles plaisanteries – nous sommes tout de même animés d'une énergique frénésie qui fait bonne figure. Heureusement, un vent léger souffle par instant.
Nous déplaçons à main levée les chaises, le faux gazon que nous devons remonter un peu plus loin. Serge et Dan en ont plein le cul de se démener de la sorte, cela se voit. Le moindre prétexte est bon pour fumer une

cigarette et s'étendre dans le vrai gazon près de la fontaine.

Il y a maintenant beaucoup de trafic sur le site. Les camionnettes bourrées de maïs soufflé, de barbe à papa, de coca-cola et d'autres saloperies font la queue pour décharger la marchandise aux kiosques appropriés. Les bénévoles lavent à grande eau les comptoirs des buvettes. Il règne une ambiance foraine, sauf qu'ici femme à barbe et homme tronc ne sont au programme. Je saisis une occasion pour approcher Jean-Paul qui allume son calumet à la Sherlock Holmes. Je lui donne une petite tape sur l'épaule en l'abordant :

— N'imagine pas que c'est à cause du travail supplémentaire que cela implique. Mais je crois qu'ils se trompent tes grands penseurs. Mon idée était nettement plus pratique… Cela dit, tu peux retourner garder le fort, je vais te remettre ça en place en un rien de temps!

— Je ne te rends pas la vie facile! s'excuse-t-il en se retournant sur une paire de jambes à causer un carambolage. Il faut faire face à ce genre de situation, surtout quand l'erreur est la nôtre. À vrai dire : mieux vaut toi que moi.

— Tout est *cool*! rétorqué-je en détournant la tête car il m'envoie une bouffée de fumée à la figure. Je t'appelle dès qu'on aura terminé!...

Quelquefois vaut mieux de ne pas trop réfléchir.

Serge a déjà pris la relève. Il empile les chaises sur un chariot conçu à cet effet. Dan m'interpelle:

— Comment ça se fait? demande-t-il, que c'est toujours nous trois qui nous tapons la merde... Pendant que les autres ne foutent rien... Il réajuste son catogan, pointant du nez en direction d'Alain, qui a l'air de se la couler douce sur les retouches de peinture à la guérite. C'est pas juste!

— Pourquoi? Disons que je ne souhaiterais pas à mon pire ennemi d'avoir à me remplacer dans mes souliers aujourd'hui! Regarde autour! Tu vois tous ces jeunes hommes qui suent au soleil! Personne ne leur a dit que ça serait juste! Mais il faut bien que quelqu'un s'en charge! Pas vrai?

— Venez donc m'aider les filles! crie Serge, dont le chargement de chaises vient de s'effondrer sur le côté. Gardez vos confidences pour plus tard, il reste encore du pain sur la planche!

Il maintient le chariot en équilibre alors que je redresse la pile de chaises.

— Tu veux que je te dise Villemure! insiste Dan sur le ton du harcèlement. C'est de la merde ton festival! On se fait exploiter *icitte* comme partout ailleurs!

Je rumine ma réponse quant aux vertus de la passion des arts de la scène. Serge s'interpose et s'exprime agressivement :

— Premièrement, c'est pas son festival! Deuxièmement, si t'es pas content, retourne chez toi, débarrasse!

Sur le coup, je crois qu'il plaisante. Mais des étincelles sont sur le point de fuser. Sur ce front-là, rien n'est gagné. Dan, surestimant ses chances, repousse la pile de chaises et s'avance vers Serge :

— Eh! GI-Joe! Ça fait une semaine que tu m'tapes sur le système! On va régler ça tout de suite!...

Serge est à la redresse, tout porte à croire qu'il attendait ce moment, car il m'adresse un sourire en coin. Il lit préalablement dans ma pensée ce qui maintenant semble inévitable. Il prend ses distances pour avoir les coudées franches.

Tous deux se mesurent en roulant des mécaniques. La tension atteint aussitôt son paroxysme. Contre toute attente, ils éclatent d'un rire tonitruant, contagieux. Ils s'esclaffent, apparemment à mes seuls dépens. Ils chahutent comme deux ados. Sur un ton sans équivoque, je déclare :

— Heureusement que j'ai de la patience pour deux!

— T'as eu la trouille! T'aurais dû te voir!

— Dan! poursuivis-je. Nous avons besoin d'une agrafeuse, voyons voir... Ramène le noyau cartonné du gazon synthétique. Comme je le sens sur le point d'intervenir : «Pose pas de questions, tu verras, j'ai une solution du tonnerre!»

J'invite les autres membres de l'équipe à venir nous prêter main forte. En attendant, nous enroulons une extrémité de la surface de gazon synthétique autour du noyau et l'agrafons à intervalles réguliers. On effectue ensuite de petites incisions avec un cutter, de manière à pouvoir y insérer une main, jusqu'a ce que chacun d'entre nous ait une bonne poigne...

Tous ensemble, à mon signal, nous soulevons en tirant, et par la force des choses, obligeons petit à petit la moquette verte à pivoter. Nous parvenons à atteindre un angle de quatre-vingt-dix degrés sans avoir eu à bouger la moindre chaise.

— Si tu m'avais demandé mon avis, me dit Serge, je t'aurais dit que c'était impossible!

En un rien de temps, les barrières sont en place et Jean-Paul est rassuré. Nous retournons chacun à nos petits boulots peinards en attendant le verdict. La manœuvre ayant mis une dizaine de minutes montre en main, je me sens comme un fakir ayant traversé un lit de braises sans la moindre brûlure, fumant une cigarette bien méritée.

J'écrase mon mégot lorsque Jean-Paul s'amène. Je me prépare aux remerciements si ce n'est à l'accolade. Or, il se rue sur moi en me demandant si j'ai pris mes messages à la Centrale ce matin.

— Comme chaque matin, pourquoi?

— Parce que tu devais confirmer l'heure de livraison des toilettes chimiques! ce que tu n'as pas fait. Parce que tu devais peindre le toit des guérites! ce que tu n'as pas fait. Parce que la loge des Joyeux Choux-Claques devait être livrée pour, oh! il y a quinze minutes! ce qui n'est pas fait. Parce que, disons que je préfère m'arrêter là!

C'est dans de tels moments qu'on a besoin de solides appuis, mais Serge se tient à l'écart.

— J.P! regarde-moi bien! dis-je en battant des bras. Comme tu peux le constater, je n'ai que deux mains, deux jambes et une tête! À moins qu'il ne m'en pousse deux autres, je ne vois pas comment je serais plus efficace!

Je tâte la liasse de billets dans ma poche, avec une soudaine et furieuse envie de déclarer forfait et de courir jusqu'à la banque... Mais Jean-Paul est mon ami, ce n'est pas moi qui le laisserais en plan maintenant.

— Je m'en occupe avec le personnel nécessaire! lui dis-je en lui serrant un bras. Je suis vraiment navré!

— Écoute! Nous avons déjà bouffé le budget, voici ce qu'il reste à faire! dit-il en me tendant une liste. Si tu gardes plus de deux hommes au-delà de deux heures nous sommes vraiment dans l'eau chaude. Surtout, n'oubliez pas les toits des guérites!

— Les toits? Personne ne les verra tes toits!

— D'en bas peut-être pas... Mais du bureau du maire, d'où j'arrive à l'instant, cela ne fait pas très propre... On se retrouve ici tout à l'heure, il y a une urgence à la maison, faut que je parte! Je compte sur toi!

À peine lui ai-je tourné le dos qu'il revient à la charge:

— As-tu contacté la journaliste?

— Quelle journaliste?

— Une dame qui prépare un article de fond sur la région de Trois-Rivières et par ricochet sur le festival... Elle voulait rencontrer un membre de l'équipe. Je lui ai filé tes coordonnées.

— Pourquoi ne la rencontres-tu pas toi-même?

— Parce que tu es mon adjoint. Parce qu'il faut savoir déléguer et que le plus dur, en fait, c'est de choisir la bonne personne pour chaque tâche. Prends la peine de lire tes messages, tu verras que cela n'augure rien de désagréable. Rappelle-là dès que possible. De toute manière, je serai de retour vers dix-neuf heures... salut!

Dès qu'il est hors d'état de nuire, les gars se ramènent. Ils commencent à ramasser outils et fournitures. Je me creuse la tête pour trouver un stratagème par lequel je réussirai à en retenir quelques-uns pour une heure supplémentaire. Entre-temps, je sors trois pots de latex blanc de la camionnette avec les pinceaux appropriés. Dan étant le premier à venir me glisser un mot, je lui ordonne de peindre le toit de l'une des guérites, n'importe laquelle. Il comprend au ton de ma voix que je ne plaisante pas et obtempère sans renâcler.

Guy et Yves, en revanche, m'envoient carrément balader à l'unisson. Je leur dis d'aller se faire foutre, qu'on se reverra plus tard et que leurs noms figureront en haut de ma liste. Mais laquelle?

— N'oubliez pas de remplir vos fiches d'horaires! leur lancé-je alors qu'ils mettent les voiles. Sinon le secrétariat pourrait oublier de faire les chèques récompensant votre indéfectible soutien.

Serge taille un bout de corde pour montrer le pot de peinture.

— De toute manière je suis de permanence, j'ai rien d'autre à faire! conclut-il.

J'apporte un escabeau à Dan pour lui faciliter l'exploit de hisser ses cent cinquante kilos sur la guérite en me disant que, si j'étais à sa place, je me serais envoyé vous savez où. Alain nous rejoint. Nous aidons Dan à grimper sur le toit malgré ses protestations.

Alain dit :

— Ben! J'vais faire la dernière!

— Non! J'ai une mission secrète pour toi lui dis-je en lui refilant un billet de cinquante dollars. Tu vas passer chez le fleuriste et livrer douze roses rouges chez moi. Prends la camionnette. Voici l'adresse!

— Qu'est-ce qu'on met sur la carte?

— La carte?

— Ça se voit que t'achètes pas souvent de fleurs!

— Mon prénom suffira! Achète aussi une boîte de chocolats! Tu garderas la monnaie!

— Cinquante dollars ce sera à peine suffisant pour les roses, le chocolat ce sera un autre vingt dollars. On est plus dans les années soixante-dix, *man*!

J'insère la clé avec une infinie précaution dans la serrure, prêt à essuyer une nouvelle rebuffade. Ève ouvre comme si elle surprenait un cambrioleur. Le séisme pressenti, qui dans un autre contexte m'aurait certainement occasionné une crise cardiaque, me secoue les fémurs. Pour une telle onde de choc, il n'existe aucune échelle de mesure : elle a les cheveux tondus à ras le crâne et teints d'un blond argenté presque blanc!

— C'est très réussi! déclaré-je avec un rien de nervosité.

— Ah, oui! ça te plaît vraiment?

Elle tourne sur elle-même pour que je puisse en juger.

— Alors là vraiment, on peut dire que ça te change!

— C'est Suzanne qui me les a rasés. Elle vient juste de partir, tu l'as peut-être croisée?

Je lui signale que non en hochant la tête. Tout en me disant qu'il valait mieux pour elle que je ne l'aie pas rencontrée car ce sont nos fers qui se seraient croisés.

— Tu as fini plus tôt que prévu! s'excite-t-elle. Chouette! Nous allons enfin passer une soirée ensemble... J'ai un tas de choses à te raconter!

Elle me débarrasse de mon sac à dos avec des gestes qu'il serait impossible d'interpréter autrement qu'en termes affectueux. Elle est belle à se taper la tête contre les murs, dans son débardeur échancré sur ses trésors à peine cachés, les jambes enrubannées dans une jupe fuseau fendue sur ses mille autres grâces. Elle me fait la bise sur fond de roucoulement d'un Miles Davis à l'arrière-plan, et pas n'importe quelle bise! L'effet probant de sa nouvelle coiffure me décontenance. C'est une charmante sensation.

Les roses trônent dans un vase au milieu de la table parée comme pour une occasion spéciale. Tout respire la quiétude du foyer conjugal. Même avec beaucoup de flair, personne ne pourrait deviner que nous sommes à couteaux tirés.

Elle éteint la cuisinière tout en m'épiant. Nous n'en sommes plus à un revirement de situation près. Je note à son langage corporel une pointe d'amusement. Qualité extraordinaire s'il en est une : Ève a la capacité de me faire oublier tout ce qu'elle veut. J'en reste coi. Quand bien même je voudrais aborder certains sujets épineux, je fais comme si je n'étais pas au courant de l'angoisse qui compose mon quotidien depuis le début des hostilités. Agréablement surpris par ses dispositions amènes, je lui demande si elle a passé l'après-midi à astiquer : l'appartement brille comme un sous neuf.

— Faire du ménage me remet de l'ordre dans les idées, m'assure-t-elle. Dieu sait que cet appartement est poussiéreux! Mais toi? Comment s'est déroulé ta journée?

— Oh! tu sais! soupiré-je en lui glissant une grimace évasive.

Elle me masse fermement les épaules de sa poigne solide. J'ai mal à des muscles dont je ne devinais pas jusqu'à présent l'existence. Je me dis qu'après tout, ce n'était peut être qu'un nuage passager, tout en me demandant si la perception du monde que j'ai depuis ma naissance est bien réelle ou si tout cela n'est qu'une illusion.

Cette histoire entre Ève et Suzanne ne me laisse pas indifférent, loin de là; seulement, il y a des situations qu'il est préférable d'ignorer. À moins d'y être forcé, je ne me risquerai pas à y mettre mon nez. Je me contente de respirer l'air frais sur le sommet. Il faut savoir apprécier la bonne fortune quand elle vous sourit. Et pour l'instant, Ève m'embrasse dans le cou en me remerciant pour les fleurs et le chocolat, me prend la main et m'invite à m'asseoir. Elle me considère un instant et déclare :

— Cela fait un bon moment que j'y réfléchis. Tu as changé, mais je me transforme aussi. J'ai pris des décisions! Nous allons recommencer à zéro, faire table rase des derniers mois. J'ai tout organisé. Nous partirons après-demain de l'aéroport de Dorval. J'ai réservé une voiture de location pour nous rendre à Montréal. Le mari de la propriétaire va nous racheter la vieille Volvo! Nous serons tranquilles de ce côté-là. Avec ce qu'il nous en donnera, nous passerons quelques jours sur Paris. T'as besoin d'un congé, depuis le temps que tu trimes... Je prendrai soin de toi, je m'occuperai de tout, tu verras... Ensuite, je retournerai travailler au resto, mon cousin me reprendra. De plus, maman nous attend au Mas de l'Arché. Ton atelier t'attend, ne l'oublie pas... Tu pourras le finir là-bas ton bouquin!

— Cela nécessite une certaine planification ma chérie.

— Tout est planifié, renchérit-elle, je m'occupe de tout. Souviens-toi quand t'as décidé de venir vivre au Québec pour un an. Est-ce que j'ai rechigné? Tu as pris les choses en main et je t'ai suivi. Maintenant les rôles sont inversés, je m'occupe de tout, t'as qu'à…

— Ève! Ce que tu appelles recommencer à zéro ressemble étrangement à un retour en arrière!... Je ne peux pas lever les voiles comme ça et tout abandonner. De plus, il y a l'appartement, je te rappelle que je suis responsable du bail.

— On s'en contrefiche du bail Adam! s'irrite-t-elle. Y'a qu'à mettre la clé sous le paillasson. De toute manière on a la soirée pour en discuter. Je suis convaincue que tu y verras plus clair à tête reposée...

— Les meubles, ton gymnase, qu'est-ce que t'en fais!

— Pour ce que ça vaut!

— J'ai des responsabilités envers le festival... Et Jean-Paul.

— Ils n'auront qu'à te remplacer! Personne n'est indispensable!

— Pour ce qui est de ce soir. C'est pas tout à fait terminé, je dois y retourner régler deux ou trois petites choses...

— Ça ne durera pas toute la nuit!

— Y'a pas que ça, grimacé-je.

— Non mais je rêve! gronde-t-elle en levant les yeux vers le ciel. Pour une fois qu'on peut parler!...

Je sens sa fureur croître et quitte à saborder l'ambiance, je joue mon va tout :

— J'ai accepté une invitation de Florence et Jean-Paul. Ils aimeraient qu'on se joigne à eux pour le spectacle. Remarque que je peux toujours refuser! C'est mon patron, ça la fout mal!

On se mesure du regard cinq ou six secondes. Puis elle soupire longuement avant de retourner à ses casseroles où ça sent éminemment bon, d'ailleurs.

Le téléphone sonne. Elle se précipite pour répondre.

Quand elle me tend le combiné et me signifie que c'est pour moi, je demande : «Qui c'est?» Elle hausse les épaules, me jette un regard noir et persifle : «C'est à toi de me le dire, cher ami!»

Je réponds en blaguant :

— Oui bonjour! Service des problèmes en tout genre, Adam Villemure à l'appareil!

— Monsieur Villemure? Bonsoir! Mon nom est Désirée Lajoie, nous ne nous sommes jamais rencontré mais monsieur Jean-Paul, euh! Hamelin, oui c'est ça! m'a donné votre numéro. Je suis journaliste à la revue Québec Féminin, vous connaissez sans doute notre publication? Nous préparons un article de fond sur le festival des Trois-Rivières qui paraîtra dans le numéro de septembre, et aimerions interviewer les artisans derrière les coulisses qui rendent les projets d'une telle envergure possible. Je vous ai laissé deux messages hier, mais comme vous n'avez pas rappelé, la mairie m'a suggéré... (minute, minute, minute, tu la boucles)

— Madame euh! Permettez-moi de vous interrompre!

— Lajoie! Désirée Lajoie!

Je réponds sans rougir :

— N'étant qu'adjoint à la coordination madame Lajoie, voyez-vous. En ce moment je suis très occupé avec le festival en question. Peut-être pourrions-nous remettre cela, disons, au mois prochain?...

— Pour l'article naturellement le mois d'août sera parfait. Puisque nous sommes de passage pour la cérémonie d'ouverture de ce soir, peut-être pourrions-nous nous rencontrer, une façon de briser la glace et de me permettre d'avancer dans mon article.

Je l'écoute d'une oreille distraite. Autant vous dire que je lui raccrocherais consciencieusement au nez si seulement j'arrivais à mettre un visage au bout de sa voix.

— Vous me feriez un grand honneur...

— Madame Lajoie! au risque de vous paraître impoli, je suis de permanence au festival ce soir. Je ne vois sincèrement pas comment...

— C'est parfait, on se retrouve sur place vers dix-neuf heures trente.

Clic! Tonalité.

Malgré ma très faible capacité d'analyse, je fais mentalement le tour de la situation.

Il y a mieux à faire ailleurs. Je me verse une bière et vais sur le balcon. Il fait encore très chaud à cette heure-ci, et béni soit celui qui a planté les arbres autour de cet immeuble, sans compter celui qui a jugé bon de ne pas les faire tous abattre.

J'enlève mon tee-shirt et tant pis pour les voisins

qui, s'ils sont à leur fenêtre, penseront peut-être qu'un bagnard se cache parmi eux. J'ai longtemps cru qu'il était de mise d'être en tout temps transparent, mais ma propre expérience m'a démontré plutôt le contraire. Ce que j'en ai retenu, c'est que si un homme décide de faire quelque chose, il doit s'y donner à fond. Encore une belle théorie que je suis incapable de mettre en pratique. Ève vient me rejoindre sur le balcon, elle s'appuie sur la balustrade bien déterminée à me tirer les vers du nez.

— T'as annulé ton rendez-vous?

— Non, j'ai bien peur que ce soit râpé pour notre soirée en tête-à-tête.

— Qui c'était?

— Oh! une emmerdeuse, une journaliste qui désire me rencontrer pour un article qu'elle prépare sur le festival!

— Parfait! Tout est parfait! Mieux vaut que tu saches ceci : ce n'est pas la première fois qu'elle téléphone TA JOURNALISTE! Tu ferais bien de lui dire de ne plus t'appeler ici à TA JOURNALISTE! Je ne crois pas un traître mot!

— T'es jalouse, ma parole!

La voilà qui s'emballe et se met à pleurer comme une madeleine. Je la serre contre moi. Je lui jure que je ne la trompe pas, ni avec cette femme ni avec une autre.

Cela produit son effet. Elle pleurniche encore un brin, me regarde intensément et dit :

— Il me faut une réponse ce soir! Fais ce que tu as à faire avec TA JOURNALISTE! Mais j'ai besoin de savoir si tu pars avec moi après-demain... Sinon...

— Sinon quoi?

Pour toute réponse, elle me fait un bras d'honneur

et regagne l'intérieur de l'appartement, rayonnante. J'ai un pincement assez désagréable au cœur et tout juste la force de riposter. Je préfère en rester là pour le moment. Les mains dans les poches, je dresse un rapide bilan de mes échecs en matière de réconciliation.

Alors que je passe par la cuisine en direction de l'atelier, elle est en train de préparer une sauce. Je réalise, tout à coup, que je n'ai rien avalé de la journée.

Ève se tient les bras croisés à la fenêtre, je m'approche d'elle et l'enlace par-derrière. Elle a encore les joues rosées par son dernier coup de sang méditerranéen. Je lui murmure à l'oreille des choses tendres. Je fais attention de ne pas laisser mes mains répondre à l'appel de son corps.

Je suis lessivé, mes jambes flageolent sous le poids de la fatigue. Sans suggérer avoir pris de décision, je laisse entrevoir mon ouverture d'esprit à toute issue possible, lui susurrant des choses d'une tendresse inouïe. Je sens sa chaleur m'envahir. Je lui embrasse la nuque, me frotte le museau dans sa nouvelle brosse rugueuse qui dégage une fragance de produits de beauté. Je perçois que mon câlin touche au but à son dos qui se presse contre moi à la hauteur des hanches. Qu'importe la méthode pourvue qu'on ait la réaction?

— T'as vu ce qu'ils ont fait de l'arbre! regrette-t-elle. Ce n'est pas ici que l'on sera heureux. Ces gens-là sont différents de nous. Depuis que tu me rebats les oreilles avec tes : «on peut tout faire lorsqu'on le décide...» Allez! Fais-le pour moi. Je veux la vérité! Tu me laisserais partir?

Je perds le contrôle de mes sens à une vitesse ahurissante. Nos vies sont faites de ces événements qui n'auront jamais lieu. De plus, la vérité ne se dit pas toute nue. Je desserre mon étreinte avant de ne plus pouvoir me contenir. Je nous remplis des verres, déterminé à maintenir un certain écart entre nos corps. Une chose est certaine, son opération charme est loin de me laisser indifférent.

— Je te fais couler un bain, insiste-t-elle, tu as l'air claqué, quand tu en ressortiras le dîner sera prêt! Tu dois avoir la dalle?

C'est qu'elle a rarement dit aussi juste, me laissant en fâcheuse posture, incapable de dissimuler mon érection. Je la mange des yeux un instant, puis me dirige à sa suite dans la salle de bain, elle aussi d'une propreté suspecte; à peine si un poil pubien traîne par terre; elle m'a même préparé des vêtements comme elle le faisait autrefois.

Dans la glace, pendant que coule le bain, je reconnais mes cheveux poivre et sel coupés courts. Ma barbe de plusieurs jours encadre cette bouche aux rides souriantes sous mon front soucieux. Au bout de quelques grimaces, je m'avoue que j'ai devant moi un type auquel on attribue moins que ses trente-neuf années bien sonnées. Et encore? Je m'immerge dans la baignoire comme s'il s'agissait d'un remède infaillible à ma nostalgie sans borne. C'est un moment de pure extase, de vacuité totale.

Ève a usé de cette lotion moussante qui sent la Provence, une concoction secrète. Je suis couché sur le ventre, en apnée, lorsqu'elle entre. Elle s'agenouille tout près. Je relève la tête. Sa nouvelle coiffure me tourneboule de nouveau un bref instant. Elle est encore plus belle que tout à l'heure. Elle a les cuisses contre la baignoire. Elle commence par le cou et me frotte le dos avec un gant de crin. Elle y met une telle application qu'elle risque de m'esquinter les tatouages. C'est ce que j'adore en elle : pas de place pour les demi-mesures. Que je sache, toute cette encre m'embellissant le dos ne lui a jamais beaucoup plu. Elle m'accepte comme je suis.

Quand je me retourne pour qu'elle s'occupe du torse, j'ai le vit qui pointe inexorablement midi. Nous avons un peu de temps à tuer, elle me visite les aisselles avec la savonnette qu'elle fait mousser en abondance. Elle sait s'y prendre. Elle me fait une toilette un centimètre carré à la fois, décidée à respecter ce qu'il me reste d'intimité. J'éclabousse son débardeur en levant un bras pour prendre appui. Les pointes de ses seins durcissent. Elle a toute la vie devant elle. Mon désir grandit à l'air libre. Elle me passe une main entre les cuisses puis sur les fesses et finalement me malaxe les pectoraux comme de l'argile.

Il y a si longtemps que je n'ai pas baisé que ma vigueur monte d'un cran supplémentaire lorsqu'elle empoigne la serviette. J'arrache le bouchon du bain que je lance hors de portée. Elle me sèche méthodiquement de la tête aux pieds. Toujours en contournant l'espace vital de ma verge gonflée qui atteint des proportions inusitées. Elle retrousse sa jupe jusqu'aux cuisses, entre dans la baignoire où elle se colle à moi et m'embrasse le dos. Une main se faufile jusque sous mon sexe. Elle me serre une à une les couilles jusqu'au seuil de la douleur. C'est la première fois qu'elle me fait ça, je ne sais si cela me plaît vraiment. Elle empoigne enfin ma bîte gonflée d'une main, alors que de l'autre elle recommence à me pétrir les testicules. Ses gestes sont lents, calculés. Je lui relève le débardeur juste au-dessus des seins qu'elle frotte contre mon entrejambe en me léchant le nombril. Je ne suis pas nécessairement très pressé, mais j'aimerais bien passer à la vitesse supérieure.

Elle se relève et m'attire vers la chambre. Le téléphone sonne, mais on ne répondra pas.

— J'ai quelque chose à te montrer, me dit-elle en glissant un oreiller sous ma tête.

Elle se redresse juste à côté du lit, enlève sa jupe moulante sous laquelle elle porte un string en dentelles chaleureux. Elle approche la chaise et envoie valser l'amoncellement de vêtements sur la moquette. Elle s'assoit en tirant la chaise vers moi. J'espère qu'elle a l'intention de jouer au gynéco, car ça commence sérieusement à me travailler le pelvis. Lorsqu'elle écarte les jambes pour faire glisser l'infime morceau de tissu, je m'aperçois qu'elle s'est rasée, je ne sais pas pourquoi mais cela me semble dans l'ordre des choses, puis tout à coup l'anneau qui lui transperce une lèvre me saute aux yeux.

— J'en voulais deux, admet-elle, mais ça fait mal. Je voulais voir ta réaction.

J'eus soudain envie de lui demander si Suzanne avait là aussi mis son grain de sel, nous étions tellement bien partis que j'avalai ma pensée. D'abord le culturisme, puis les cheveux, maintenant ce percing... décidément, la vie n'aura guère plus de grandes surprises pour moi. Je l'attire sur le lit où nous nous allongeons. Elle écarte les cuisses au-dessus de mon visage pour que je sois en mesure de juger par moi-même de la grande sensibilité de cette zone intime. Je lèche doucement avec la langue sur ses lèvres, qui réagissent favorablement à mes baisers.

Je maintiens le rythme en lui tenant bien serrées les fesses dans chaque main. Elle tend les bras, s'appuie au mur, mais je n'ai plus assez de mains pour m'occuper de ses seins. Tel un volcan sur le point de cracher, son corps tremble de fond en comble. Elle cherche à s'appuyer contre mes paumes quand je la sens approcher du premier orgasme. Je garde la tête entre ses cuisses, jusqu'à ce que tous les plombs sautent. C'est épuisée, après que les jus aient rompu les digues, que Ève, le visage sous un oreiller, se retourne pour avoir le corps entièrement dans le rectangle lumineux de la fenêtre. Les perles de sueur, réfractant la lumière en une constellation diamantée, sécheront sans doute aussi rapidement qu'elle a joui, c'est-à-dire tellement vite que le plus précoce des éjaculateurs serait frustré.

De guerre lasse, je choisis des vêtements dans la penderie. Je l'embrasse et passe à la salle de bains me préparer. J'ai le visage barbouillé de crème à raser quand le téléphone sonne à nouveau. Dire que j'ai attendu des jours près du téléphone pour obtenir cet emploi et qu'aujourd'hui je me méfie de chaque coup de fil comme s'il s'agissait d'une maladie télé-transmissible. Ève me prévient qu'il s'agit cette fois de Jean-Paul.

— Salut Adam! Excuse-moi de te déranger à la maison. Mais la mairie vient de me contacter au sujet de madame... euh!...

— Lajoie?

— Oui c'est ça! Je...

— C'est fait Jean-Paul! Te prends plus la tête avec ça… je la vois tout à l'heure!

— Bon, bon... C'est bien, c'est bien... Alors on se rencontre tous les quatre pour le spectacle?

— Rends-moi service, demande-lui toi-même... Je place ma main sur le récepteur et crie : Ève? Jean-Paul aimerait te parler!

Je finis de me raser pendant qu'ils discutent. Ève vient ensuite me confirmer qu'elle sera des nôtres comme quelqu'un qui se prépare à un enterrement. Je revêts un costume en lin noir sur un col roulé blanc. Nous nous fixons un rencard. Je la console…

— On s'amusera bien tu verras! Ils sont sympa tous les deux... On peut aller prendre un verre ensuite, si tu le souhaites...

— Non mais dis donc! Tu te mets sur ton trente et un... c'est pour ta journaliste que tu te fringues comme ça?

— Ève, maintenant ça suffit! dis-je en relevant mes manches pour appliquer du déodorant aux aisselles. Je te trouve bien mal placée pour me jouer la scène de la jalousie! Tu verras, on va bien s'amuser!

— Tu vas prendre le temps de manger, je cuisine depuis des heures...

— À vrai dire je suis déjà en retard, mais nous ferons la fête en rentrant si tu veux...

— D'accord, mais à une seule condition!

— Dis toujours...

— Il me faut une réponse ce soir. Tu prends enfin tes responsabilités ou...

— Ou quoi?

— Tu verras bien!

Je roule doucement vers le centre ville toutes vitres ouvertes. Appeler ça un centre ville, c'est beaucoup exagérer. À cette heure-ci, les rues fourmillent de piétons, c'est une ville nord américaine typique dans toute sa splendeur et son manque d'envergure que je vois défiler autour de moi. J'allume la radio. Un lied de Schubert envahit l'habitacle. À l'intersection d'une rue fraîchement macadamisée, quelques jeunes ensardinés dans une voiture sport, la radio à fond, admirent le flot de passantes. Lorsque je m'immobilise à leur hauteur, quatre casquettes se retournent vers moi en se bidonnant. Instinctivement, je m'assure dans le rétroviseur qu'un troisième œil n'orne pas mon front. Peut-être sont-ils tout simplement de bonne humeur.

À la faveur des feux de circulation, quelques *skeegees*, une crête raide sur la tête, se faufilent entre les bagnoles, proposant de laver les pare-brise. Je décline l'offre. L'un d'entre eux parlemente avec le conducteur de la petite voiture. Je me demande comment ils peuvent s'entendre avec la musique à un tel volume. Tout à coup, sans crier gare, le conducteur s'énerve, ouvre la portière et bouscule le grand efflanqué. Bon nombre de curieux s'arrêtent pour encourager les deux protagonistes à s'en mettre plein la gueule. Le chauffeur tient le laveur de vitres replié sur le capot de son landau et l'invective à tue-tête. La tension monte, il y a assurément de l'électricité dans l'air. La soirée promet d'être chaude.

Lorsque le feu m'en offre la possibilité, je m'éloigne une main sur le klaxon, et vois éclater dans le rétroviseur une bagarre générale digne d'un western américain. J'échappe de justesse à la cohue.

À la hauteur du parc, je me gare dans le parking souterrain entre la nouvelle acquisition de Jean-Paul et une superbe voiture de collection, une Chevrolet 57, turquoise et blanche magnifiquement entretenue. Sous les yeux de quelques badauds qui contemplent ses splendides courbes, j'égratigne involontairement un enjoliveur en ouvrant ma portière. Je ne suis pas très fier de moi. Je m'efforce à l'aide d'un kleenex et d'un peu de salive de faire disparaître l'infime trace de peinture rouge qu'a laissé ma portière sur le chrome. Je crains que n'apparaisse le propriétaire.

Je traverse le site où des spectateurs se sont déjà installés sur des chaises pliantes autour du parterre VIP qui les sépare de l'avant-scène d'une dizaine de mètres. Certains ont apporté des parasols, d'autres de petites glacières. Sur la scène, des musiciens accordent leurs instruments dans la cacophonie générale.

Je donnerais tout ce que je possède dans cette vie pour un retour sur image qui me ramènerait auprès de Ève afin de terminer notre intermède bâclé. Je gravis à contrecœur les marches où je croise Jean-Paul qui m'interpelle.

— La jeune journaliste vient tout juste de repartir en me priant de te transmettre un message. Elle t'attendra au restaurant le Saint-Antoine à dix-neuf heures précises. Je te conseille d'y être!

Je l'interromps pour lui soutirer une carte de crédit du festival afin d'aller acheter le nécessaire pour la loge des Choux-Claques.

— Ce n'est pas encore fait? râle-t-il. Je croyais te l'avoir demandé.

— T'inquiète pas J.P! C'est comme si c'était déjà dans la loge. Je monte chercher Serge et nous serons de retour dans quelques minutes.

— Bon mais dépêche-toi. Je ne t'en demande pas plus!

— On se retrouve ici pour le spectacle alors! Faut que j'y aille si je veux revenir.

— O.K! À tout de suite!

Dans la salle de conférence, le gros Marc et Tony m'apostrophent pour me faire remarquer qu'ils sont de la partie. Pour la première fois de la semaine, notre équipe est au grand complet et je dirais que ce n'est pas trop tôt. Des bénévoles ont sommairement décoré le lieu où tout le monde semble bien s'amuser. Je fais rapidement le tour de chacun; certains des gars sont franchement fiers de me présenter leur escorte.

Tony, Antoinette Tremblay de son patronyme, la joue enflée, à cause d'un abcès, a de la difficulté à articuler un son et écluse des bières à un rythme respectable. C'est la seule femme de l'équipe et la seule qui se soit présentée aux entretiens. Je l'ai embauchée sur le champ. Elle avait toutes les qualifications requises. Les gars l'ont adoptée à l'unanimité et l'ont aussitôt surnommée Tony. Elle leur a d'ailleurs montré à maintes reprises qu'elle ne se laisserait pas intimider par leur machisme d'adolescent attardé.

Serge est accompagné d'une splendide gamine qu'il m'avoue, en quelques mots, avoir rencontrée dans le courant de l'après-midi. Elle le couve d'un regard gonflé d'admiration et cela transparaît dans son comportement. J'en profite qu'il est tout chose pour le réquisitionner pour ma prochaine mission :

— J'aurais besoin de toi quelques minutes.

— Qu'est-ce que t'en penses? m'interrompt-il d'un mouvement de la tête en direction de sa nouvelle amie.

— Surtout, vérifie sa date de naissance sur une pièce d'identité avant de passer aux choses sérieuses.

— Sérieusement! J'aimerais ton avis!

— Mon avis est que nous devons partir tous les deux et aller faire quelques emplettes pour ravitailler la loge des Choux-Claques et qu'ensuite tu pourras l'épouser et avoir beaucoup d'enfants!

— Y'a jamais moyen de parler sérieusement avec toi...

— Parler de choses sérieuses, quand tu veux… parler sérieusement… c'est une autre histoire...

— Ça consiste en quoi, exactement?

— J'ai besoin de toi pour… tout au plus, une demi-heure!

— Maintenant?

— Disons, pour les besoins de la cause, que nous sommes déjà revenus...

Je constate en arrivant dans le parking que la voiture de collection n'y est plus et que ma Volvo a un pneu crevé. Je récupère un bout de papier placé négligemment sous l'essuie-glace. Il ne s'agit pas d'une contravention, mais la confirmation que l'heureux propriétaire de la Chevrolet 57 n'a pas du tout apprécié la promiscuité de mon tas de ferraille avec sa belle américaine. «La prochaine fois tu feras attention!» a-t-il écrit laborieusement en caractères gras. Je trouve les représailles exagérées, mais j'ai déjà vu pire.

Serge qui lit par-dessus mon épaule me dit :

— Faut croire que t'as aussi des ennemis!

— Ouais! mais tu vois, ce genre de truc, je ne l'aurais jamais fait, même à mon pire ennemi. Il faut vraiment un enfoiré pour…

— À ta place...

— Laisse tomber! dis-je en hochant la tête. Ça serait beaucoup trop long à te raconter! Trop bête aussi...

Je sors le pneu de secours du coffre pendant qu'il prépare le cric. Il active la manivelle alors que je dévisse les boulons. Je m'en tire tout de même à bon compte. Au lieu de piquer une crise de nerfs, je pique un fou rire. Je ris tout seul et Serge doit me prendre pour un dingue. Nous enfournons les outils ainsi que le pneu crevé dans le coffre. Je déverrouille les portes et lui refile les clés.

— Tiens! lancé-je. Prends donc le volant!

— As-tu peur de rencontrer un barrage de flics à cette heure-ci!

— Non seulement je suis bien au-dessus de la limite de taux d'alcoolémie tôlérée, mais je devrais déjà être au Saint-Antoine où doit m'attendre avec impatience une journaliste. Alors si tu le veux bien, tu me déposeras en route. Ah! Voici une carte de crédit et une autre de ces satanées listes.

Il énumère à haute voix ce qu'il déchiffre sur le bout de papier :

— Six melons, deux grappes de raisin, huit bananes, six kiwis, quatre litres de lait...

— Est-ce qu'on peut démarrer?

— Quarante-huit bières!... Ils ne sont que quatre dans le groupe! Hé... Regarde-moi ça! Six paires de bas résille noir, taille unique... Y sont complètement pétés si tu veux mon avis...

— N'oublie rien surtout, sinon nous aurons droit à une vraie crise de starlette; j'ai lu quelque part que le chanteur est plutôt du genre diva susceptible.

Serge tente de démarrer sans succès. Il m'avoue n'avoir pas conduit une voiture non-automatique depuis son adolescence. À la manière dont nous décollons, je le crois sur parole.

— Tu peux me laisser au coin de Des Forges et Badeaux!

— O.K... J'ai juste un petit service à te demander!

— Dis toujours!

— Étant donné que tu passes la soirée en ville, pourrais-je t'emprunter ta voiture, histoire d'aller faire une virée chez-moi avec la petite?

— Je n'y vois aucun inconvénient à condition que tu y ailles doucement avec l'embrayage... Les papiers sont dans la boîte-à-gant... J'ai le portable avec moi au cas où il t'arriverait un pépin...

— T'es un champion, Adam! Merci! Je te revaudrai ça!

— Ouais! Il y a même des condoms dans une pochette, dis-je.

— T'es bien gentil… mais je n'utilise que des grands formats.

— Puisqu'on en parle, as-tu déjà remarqué les numéros de série sur ces machins?

— Ben!... Non!

— Déroules-en un jusqu'au bout tu comprendras! À ce soir!

Je referme la portière. Malgré lui, il démarre à tombeau ouvert. Ayez pitié de mon embrayage!

Le Saint-Antoine au décor alambiqué est à ce point bondé qu'on a l'impression de rentrer dans un sauna. Les serveuses ont le sourire, malgré les gros cercles gris sous les aisselles. Je m'enquiers de la réservation au nom de madame Lajoie auprès de l'hôtesse et scrute la salle à la recherche d'une dame seule, pendant qu'elle consulte impatiemment le registre.

— La réservation n'est que pour dix-neuf heures trente! me dit-elle sur un ton agacé. Voudriez-vous prendre un apéritif au bar en attendant que votre table se libère? Puis-je vous débarrasser et poser votre sac au vestiaire?

— Volontiers! Pourriez-vous m'avertir de son arrivée, car je ne la connais pas...

Je me faufile vers le bar tout en m'allumant une cigarette. Je m'installe sur un tabouret aux côtés de quelques hommes d'affaires parlant haut et fort qui discutent bénéfice net, retombées à court terme, et patati! et patata! L'un d'eux me dévisage avec insistance comme s'il désirait me prendre à témoin. J'ai soudain une furieuse envie de prendre les jambes à mon cou; aussi, je préfère leur tourner le dos. Face au mur, je feins de m'intéresser à la carte des vins qui traîne sur le comptoir.

Ma patience commence sérieusement à s'émousser lorsqu'un bruit de vaisselle attire mon attention. D'une porte dérobée jaillit Suzanne avec une pile d'assiettes en équilibre entre les mains. À ma vue, son visage s'illumine. Je fonds littéralement au sourire qu'elle me décoche en me voyant à travers le rideau de perles de verre. Elle dégage ce charme subtil que je ne réussis toujours pas à cerner.

— Que me vaut cet honneur! dit-elle d'une voix rauque et chaleureuse. C'est gentil de venir m'encourager! T'as vu un peu ce monde?

—Tu travailles ici!

— Depuis ce midi... mais dis-moi : est-ce que Ève est avec toi?

Je fais non de la tête. Si je ne n'étais pas au courant de leur passade, je pourrais penser qu'elle est honnêtement enthousiasmée de me voir. Cela en est crispant.

— J'ai rendez-vous avec une journaliste, hésité-je. Cela n'est pas très important, mais en revanche j'aurais quelques mots à te dire en privé!

— Ah! Bon!

— Suzanne! Il faut que tu saches, que Ève m'a tout raconté!

— Et alors?

— Alors? Tu crois que je vais accepter ça comme ça, sans te dire le fond de ma pensée?

— C'était son idée! Tu peux lui demander... je l'avais avertie que ce serait un peu radical. Mais elle a insisté jusqu'à ce que... entre copines, on peut bien se rendre service. Tu veux bien m'excuser, mes clients me réclament!

Elle s'arrête auprès d'une table où siègent quelques costard-cravate qui la draguent sans vergogne. J'admire la juvénilité de son expression. Suzanne est en beauté, elle porte un chemisier de dentelle ouvert dans le dos, de toute évidence sans soutien-gorge. Je dois dire que pour une femme de son âge, c'est-à-dire du mien, elle a la poitrine rudement bien accrochée. Je ne suis pas nécessairement très porté sur les gros seins, mais il faut reconnaître que ceux de Suzanne paraissent avoir atteint leur pleine maturité.

— J'aimerais bien qu'on parle tous les deux... lancé-je en la dévisageant avec intensité quand elle repasse.

— Quand tu voudras Adam! répondit-elle en m'effleurant d'une main. Je serai ravie de faire plus ample connaissance. Whisky? C'est moi qui l'offre!

L'hôtesse toujours mal lunée s'excuse de s'immiscer dans notre intimité et par un léger et gracieux mouvement de tête me fait signe que mon rendez-vous vient d'arriver. Je fixe Suzanne de toutes mes forces. Elle me sourit d'emblée, comme si nous partagions un secret.

Je me retourne pour faire face à la journaliste qui, à mon avis, a mal choisi son moment pour faire son entrée. Je fonds sur place. Ses yeux bridés, d'un vert extraordinaire ajouté au faible que j'ai toujours eu pour les femmes à la peau café au lait, me font presque renverser mon verre.

— Enchanté de faire votre connaissance madame Lajoie! dis-je, à ce point subjugué que je lui baise la main.

— Oh! glousse-t-elle avec un accent indéfinissable. Est-ce que vous m'attendez depuis...?

J'aurais de la peine à vous décrire ce qui se passe en moi, durant ces premières secondes, alors qu'elle ne m'a pas encore adressé une phrase complète, hormis le fait que madame Lajoie me devance et que je la suivrais jusqu'au bout du monde si elle me le demandait. Tous les hommes se retournent sur son passage.

J'avance sa chaise et je la dévore des yeux. Elle s'installe posément. Elle est exactement de la même taille que moi, toute menue, d'une finesse à provoquer la syncope. Je m'assieds en croisant les jambes, débonnaire. Je lui donne dans les vingt-cinq ans bien qu'elle ne les fassent pas. Elle dégage quelque chose de magnétique. Une fois les présentations faites, je passe d'entrée de jeux à l'attaque.

— Puis-je vous offrir quelque chose à boire? Un apéritif?

— Je bois rarement, dit-elle. Que me suggérez-vous?

— Whisky? Rhum? Kir? Dubonnet? Cinzanno? Un cocktail surprise? Un aphrodisiaque par exemple... ou même du champagne si vous le voulez?

— Va pour la surprise! J'espère que cela ne vous importunera pas, mais j'ai aussi invité mon petit ami qui est de passage pour affaires!...

— Absolument pas! dis-je tout en pensant le contraire. C'est parfait! Si vous voulez bien m'excuser je vais nous commander un petit quelque chose au bar et aller me rafraîchir!

— D'accord! Je ne bouge pas d'ici!

Son sourire enjôleur me désarme, je fais contre mauvaise fortune bon cœur et lui glisse un clin d'œil. Pourquoi cela n'arrive qu'à moi? Pourquoi aujourd'hui?

Au bar, Suzanne discute avec un couple et feint de ne pas me remarquer. Je me racle la gorge.

— Encore une maudite française! siffle-t-elle quand elle se décide à venir prendre ma commande. Ève a raison!... T'es comme les autres.

— Suzanne j'aimerais bien te parler!

— C'est pour cette greluche que tu abandonnes Ève?

— Il me semble que tu as pris le relais!

— Elle ne s'est pas trompée à ton sujet, en tous cas…

— Tu fais erreur... De toute manière je ne vois pas en quoi cela pourrait t'intéresser…

— Ah, oui! Vous dites tous ça!... Vous êtes tous les mêmes!

— Écoute-moi bien! Je ne connais pas cette fille et son petit ami va venir nous rejoindre dans un petit moment! T'as vu comme elle est magnifique! Elle aime les hommes, elle!

— En tous cas ne compte pas sur moi pour plaider en ta faveur!

— T'as plutôt l'air d'avoir bonne conscience pour quelqu'un qui s'envoie en l'air avec ma copine! Peut-être voudrais-tu sauter celle-là aussi?

— Qui? quoi?

Le couple au bar semble tout à coup très intéressé par notre conversation. Les deux hommes d'affaires délaissent la fluctuation des devises et les cours de la bourse pour se retourner. Je baisse le ton :

— Ne fais pas l'idiote, tu viens de me l'avouer, il y a à peine quelques minutes!

— J'ai avoué lui avoir coupé et teint les cheveux oui... Où es-tu allé chercher une pareille ineptie?

— Tu veux me faire gober que tu ne baises pas avec Ève?... Elle me l'a dit!

— T'es malade!

— Si le fait d'être aveugle peut être considéré comme une maladie, alors je suis gravement atteint!...

Ulcéré, je me dirige vers les toilettes, je descends l'escalier qui mène au sous-sol suivi par un cliquetis de talons derrière moi. Suzanne m'agrippe un bras et me coince contre le mur face à elle. Ses yeux d'un bleu glacial me jettent des étincelles.

— Non seulement je n'ai jamais touché TA COPINE! Mais je n'aime pas les femmes! Elle t'a raconté ça en désespoir de cause, pour te rendre jaloux. Elle sait que tu la trompes et ce n'est pas moi qui ce soir vais la démentir! gronde-t-elle à sa décharge.

— Et tu crois que je vais gober ça?... Mets-toi à ma place un instant!

— Ce que tu refuses de voir c'est que je m'intéresse à TOI! dit-elle tout en me pressant contre sa poitrine et en m'enfonçant sa langue dans la bouche.

Je fais semblant de vouloir me dégager. Elle me considère, un sourire accrochée à ses lèvres pulpeuses et dit : «Écoute! J'en discuterai ouvertement avec Ève pas plus tard que ce soir! Il est grand temps de tirer cette affaire au clair!» Je la force à me regarder et la plaque à mon tour contre le mur quand des bruits de pas résonnent dans l'escalier. Un client passe alors qu'elle colle sa bouche contre la mienne. Je capitule et l'embrasse tout en glissant une main sur le bas de ses reins qu'elle bouge imperceptiblement. Elle ajoute : «Je te jure qu'elle ment. Pour te le prouver, je suis à ton entière disposition. Mais, il faut que je remonte... À tout de suite!»

Rien n'est jamais simple avec les femmes. Suzanne a tout de même eu des arguments convaincants. Debout face à l'urinoir, je pisse en paix; une sensation d'extrême soulagement me gagne l'esprit.

— Tu ne changeras donc jamais! claironne une voix en provenance de l'une des toilettes.

— Pardon?

— Tu ne me reconnais pas? demande la voix mystérieuse.

Quand il se plante devant moi, j'ai peur d'être en proie à un traumatisme cérébral. Je l'approche avec circonspection comme on aborderait un revenant. Nos retrouvailles se produisent toujours à des moments imprévisibles et dans les lieux où je m'y attends le moins.

— Hugo! Ça alors! Tu parles d'une coïncidence!

— Coïncidence mon œil... Disons que tu ne pouvais pas échapper à cette coïncidence-là...

— Attends… Ne me dit pas que tu es le copain de madame Lajoie?

Il pouffe de rire et dit :

— Ne l'appelles pas comme ça, elle pourrait être ta fille…

Nous nous embrassons sans réserve comme deux amis qui se retrouveraient sur une île déserte après avoir longtemps dérivé sur l'océan dans des bouées de sauvetage.

— Il y a longtemps que t'es rentré au pays? me demande-t-il très excité. Je suis vraiment heureux de te revoir!

— Non, nous sommes rentrés il y a environ six mois!

— T'as pas changé d'un poil! me complimente-t-il.

— Toi non plus apparemment!… toujours entouré des femmes les plus désirables qui soient...

— Elle est professeur de littérature et journaliste à ses heures, avoue-t-il. Je l'ai rencontrée à Saint-Domingue! Mais assez parlé de moi! Qu'est-ce que tu deviens? Tel que je te connais, tu dois avoir mille projets en chantier, une importante exposition en préparation, un nouveau livre de poésie en route?

— Disons que de toutes les vies qui auraient pu être les miennes, j'ai choisi celle-ci! Un petit boulot peinard dans une petite ville sans histoire...

— Ne me raconte pas d'histoire Adam, vous n'avez pas débarqué dans ce bled comme ça, elle et toi, sans projet ni perspective?

— Qui ça, elle?

— Bien tu sais, la grande blonde qui te roulait une pelle!

— Suzanne? C'est juste une amie!

— Et t'en as beaucoup des amies comme celle-là? Toi non plus tu ne changeras jamais...

— Ce n'est pas ce que tu crois!... Tu fais erreur sur la personne.

— On dit ça, on dit ça!

— Je t'assure... Depuis ce fâcheux épisode avec Garance, je fais dans la monogamie! J'ai beaucoup changé. Attends de rencontrer Ève, tu verras.

— Laisse-moi deviner : cette Vénus que tu embrassais avec fougue dans l'escalier avait besoin d'être consolée et tu t'es dévoué, pas vrai? Tiens, elle m'a fait penser à ma sœur tout à coup!

— En plus grand et avec sûrement plus d'heures de vol...

— Il y a un moment que tu n'as pas vu Garance!

— Quoi! Elle a grandi?

C'est bien le Hugo de ma vie antérieure. Mon frangin de l'âme, toujours sûr de lui. Bien que la photo en quatrième de couverture l'avantage considérablement, je trouve qu'il n'a pas trop mal vieilli. Le temps a peaufiné ses traits de voyou qui épataient tant les jeunes filles de bonne famille. L'âge lui confère une certaine respectabilité. Nous remontons bras dessus bras dessous, sans se soucier du qu'en dira-t-on.

— Vous vous connaissez? s'étonne madame Lajoie.

— C'est le moins qu'on puisse dire! lance Hugo en me donnant une bourrade amicale. Il y a une éternité que l'on ne s'était pas vus, nous allons rattraper le temps perdu…

— Ça alors! lance-t-elle. C'est incroyable!

Les serveuses sont débordées. Suzanne quitte le bar pour nous servir les apéritifs. Je la présente sèchement à mes convives comme l'amie intime de ma copine. Je sens que je l'ai touchée, car elle s'archarne un moment sur le bouchon de la bouteille de champagne, jusqu'à ce que Hugo, impatient, se dresse et la détaillant de la tête aux pieds, déclare : «Attendez chère amie! Je m'en charge.» Je perçois aux inflexions de sa voix qu'il n'est pas insensible, lui aussi, au charme de notre barmaid et que son charme n'a rien perdu de sa force hypnotique. Elle lui tend la bouteille, d'un air mi-figue mi-raisin, les joues toutes rosées, le corps soudain comme de la gélatine.

Le bouchon part! Puis Hugo fier d'étaler son savoir-faire, laisse, amusé, l'écume déborder des flûtes. Suzanne me jette un coup d'œil inquiet avant de se retrancher derrière le bar.

— J'espère qu'elle ne le prendra pas trop mal, dit-il d'une voix faussement hautaine, mais il n'y a rien de plus irritant que les amateurs...

— Donne-lui une chance, glissé-je. C'est sa première journée!

Hugo porte aussitôt un toast à nos retrouvailles. Nous engloutissons nos whiskys cul sec. Désirée, puisque tel est son prénom, lève son verre à notre rencontre. Alors qu'elle apprécie le cru à la manière d'un sommelier, je remarque qu'elle porte une alliance à l'annulaire. S'il est vrai qu'elle n'a pas l'habitude de consommer d'alcool, on risque de la retrouver sous la table avant le dessert.

J'aimerais que Ève soit là avec nous et propose de lui téléphoner afin de l'inviter. Elle accepte l'invitation d'une voix chantante. Quant aux circonstances qui entourent ce dîner impromptu, je promets de les lui expliquer si elle se prépare en vitesse et viens nous rejoindre dans un taxi sans poser la moindre question. Je raccroche en espérant que je n'aurai pas, avec Suzanne dans les parages, à regretter mon geste impulsif.

À la table, Hugo patauge dans les réminiscences d'un passé qui me semble lointain. Il refait l'histoire de manière à se faire passer pour l'ange du duo de petites frappes que nous fûmes. Il me donne de petits coups de pied sous la table pour m'inciter à l'appuyer. Je tente à maintes reprises de rétablir un dialogue à trois voix, mais dès qu'il prend la parole, il poursuit son monologue. Son apologie de notre passé commun me rentre par une oreille et son discours nourri de louanges ressemblant par moment à un plaidoyer me sort de l'autre. Il devrait se calmer avant de s'aventurer trop loin sur ces sols mouvants, car son amoureuse enregistre certains passages en haussant les sourcils. Mais, intarissable, il continue de palabrer. Et faute de pouvoir placer un mot, on l'écoute lorsqu'il déraille vers des propos indélicats. Désirée regarde ailleurs et elle me semble bien prude. Ça commence à me flanquer le bourdon.

— Quel hasard tout de même! intervient-elle à la première occasion que son copain lui laisse. Dire qu'après tant d'années vous vous retrouvez ici! Au milieu de nulle part...

— Le hasard n'existe pas! répond Hugo d'une voix atone. Chaque geste posé sur cette terre met en marche un mécanisme dont le pendant exact dans les sphères invente notre destin, au gré des événements…

— Ne te froisse pas chéri! Je disais juste ça comme ça!...

— Nos chemins se sont parfois croisés aux endroits les plus inusités, reprend-il. C'est en considérant la chose rétrospectivement que cela prend tout son sens... Te souviens-tu du jour, dit-il s'adressant à moi, où nous nous sommes retrouvés près du Jardin du Luxembourg?

— Parfaitement! voyant où voulait en venir ce petit vicieux. Je me souviens de ce jour-là et de bien d'autres jours. Mais maintenant…

— Ouais! admet-il. Et ce mois de septembre incroyable que nous avons passé en Écosse sans jamais n'avoir rien planifié ou s'être consultés. Figure-toi, il se tourne vers Désirée de manière à ce qu'elle ne puisse manquer une syllabe de son récit, figure-toi, qu'un matin d'automne, alors je que je traversais l'Écosse en autobus, notre chauffeur s'est arrêté pour venir en aide à une antique mini austin qui semblait avoir de sérieux ennuis de moteur. C'est alors qu'Adam est sorti de l'habitacle en compagnie de sa copine écossaise. Ils n'étaient pas en panne, mais avaient trouvé l'endroit suffisamment romantique pour se faire quelques mamours. Je les ai suivis pendant plusieurs semaines. Ils accompagnaient un groupe qui effectuait une tournée des pubs écossais. Adam assurait la première partie et lisait ses poèmes. Ils faisaient un malheur dans tous les boui boui du coin.

— Vous écrivez de la poésie? s'étonne Désirée. C'est donc de vous dont Hugo m'a tellement parlé!

— Cela m'arrive encore parfois, fis-je avec un haussement d'épaule.

Ce qui lance Hugo sur la piste d'un vieux débat qui a été le prétexte d'homériques engueulades, par le passé, entre le sérieux de l'écriture romanesque et le dilettantisme de la poésie des scribouillards dont je faisais partie à l'époque. Mais aujourd'hui, je n'entre pas dans son jeu et cela l'étonne que mon opinion sur le sujet ait si radicalement évolué. Je dois lui rappeler que beaucoup d'eau est passé sous les ponts et que de nombreuses choses ont changé y compris moi-même.

Désirée qui, pour sa part, semble très portée sur la poésie, me mitraille de questions à propos des quelques petits ouvrages que j'ai naguère publiés. Je réponds que ces choses sont désormais introuvables, que cela n'est plus d'un très grand intérêt. Mais elle insiste et indispose visiblement Hugo qui, sur un ton exaspéré, revient à la charge de nos souvenirs communs :

— À Paris tout de même, lance-t-il en haussant le ton, je t'ai sorti d'un sale pétrin. T'as dû être vachement content de me trouver sur ton chemin, parce que tu galérais drôlement. D'autant plus que tu sortais...

— Dis-moi Hugo, comment va ta mère? J'aimerais bien lui parler un de ces jours...

Mais le salaud ne lâche pas le morceau: «Tu sortais d'où déjà?»

— Je sortais de cabane Hugo!... De la Santé!

— Ah, oui! La Santé! Quel beau nom pour une prison...

— Maison d'Arrêt!...

— T'as fait de la prison? m'interroge Désirée me jetant un regard comme si je revenais d'entre les morts.

J'opine du bonnet et lui mentionne que ce n'est pas une chose à raconter dans son article. Elle me serre le poignet de sa main chaude et humide.

— Cela a dû être terrible? reprend-t-elle à mon attention. La promiscuité avec ces malfrats, surtout pour quelqu'un de ta sensibilité... L'alcool aidant, elle passe au tutoiement et pose une main sur l'une des miennes Allez, raconte un peu! C'est comment la taule?

— Tu peux même lui demander comment sont toutes les prisons parisiennes, s'interpose Hugo riant sous cape. Car si mon souvenir est exact, il les a toutes visitées! Pas vrai? Parle-lui un peu de cette journée à Paris que nous avons passée ensemble! C'était le jour de ton anniversaire...

S'il continue, mon gentil copain, je risque de lui rendre la soirée fort désagréable avant qu'elle ne soit tout à fait commencée. Sur un ton irrité, je réponds :

— Raconter ma vie à une inconnue ne m'apparaît

pas comme un des meilleurs moyens de faire sa connaissance; je suis convaincu que Désirée préférerait parler de tout autre chose! J'étais jeune à l'époque et ces histoires ne m'intéressent plus...

— Tu devrais écrire des livres là-dessus, dit-elle sans me lâcher le poignet.

— Ouais! je sais... c'est le temps qui manque, je travaille... moi!... Tiens, la voilà!

Ève, superbe dans sa nouvelle coupe de cheveux, me fait un grand signe de la main. Manœuvrant entre les gens qui font la queue à l'entrée, elle passe d'abord au bar faire la bise à Suzanne qui l'accueille un peu froidement. Je ne sais pas pourquoi, mais cela me réconforte. De tous côtés, on la déshabille des yeux.

Le protocole d'usage passé, Ève glisse sa main dans la mienne sur la table. Elle et Désirée se plaisent d'emblée; elles papotent comme si elles se connaissaient depuis toujours. De son côté, Hugo me bombarde de questions sur les sept dernières années pendant lesquelles nous nous sommes perdus de vue. Il me dit des choses profondes tout en ayant l'air de jouer. Je suis attentif à la moindre de ses confidences bien que son attitude ne colle pas tout à fait avec ses propos.

De temps à autre, je jette un coup d'œil sur les filles et je me demande si Ève ressent la même force d'attraction envers Désirée que moi. Cela me met mal à l'aise. Je les observe discrètement pendant que les histoires de Hugo commencent à me donner la nausée. Le champagne tirant à sa fin, je vais au bar commander une dernière tournée de whiskys.

Quand je reviens, ils sont tous trois très agités.

— Petit cachottier va! me balance Hugo.

— Qu'est-ce qu'il y a? demandé-je à la ronde.

— Tu ne nous as pas dit, rétorque-t-il, que vous repartiez pour la France après-demain!

Ève dans un souffle m'envoie un baiser, puis elle glisse sa main sur ma cuisse. Et on en reste là.

Lorsque la serveuse s'amène enfin à notre table, nous sommes déjà dans un état euphorique avancé. Souriante, elle nous fait une énumération et une description exhaustive des mets qui composent la carte. D'emblée, Désirée opte pour le ris de veau aux quenelles. Alors que Ève, qui n'a pas très faim, se contente d'un potage. Hugo hésite, il demande à la serveuse de lui faire des suggestions, puis finit par commander des rognons blancs, sauce aux champignons. Pour ma part, je meurs de faim et le turbot grillé sauce romaine m'interpelle. Hugo insiste pour choisir le vin. Il commande du rouge et du blanc.

— Dis-moi! le questionné-je, curieux. Tu as mis combien de temps pour écrire ton livre?

— Je n'y serais jamais arrivé sans l'aide de

Désirée, répond-t-il. Grâce à son soutien et à ses conseils, la rédaction ne m'a pris que quelques mois. Tu l'as lu?

— Non, pas encore… Ça parle de quoi?

— Deux jeunes délinquants au bout du rouleau, après un dernier coup foireux, se séparent et se retrouvent une dizaine d'années plus tard dans des circonstances fort similaires à celles-ci... Ils se racontent… L'essentiel du roman se traduit par des confessions croisées, une sorte de longue joute oratoire. Cela m'offrait beaucoup de possibilités, sans compter que le lecteur accroche.

— Ça m'a l'air intéressant comme histoire, avance Ève. Est-ce que tu t'es inspiré de faits vécus?

— Non, non! soupire-t-il d'un air entendu. C'est de la fiction, de la pure fiction! Bien sûr, j'ai utilisé certaines situations qui ne m'étaient pas inconnues pour décrire le milieu par exemple…

— T'as dû faire de longues recherches pour camper tes personnages, décrire ce milieu dis-je sarcastiquement en mâchouillant du pain. Ça a dû te donner un fichu travail et te demander de bons correcteurs… ce n'est pas donné à tout le monde de se lancer dans l'écriture en amateur et de terminer au sommet de la liste des bestsellers de la saison, sans compter les télés, les radios, les journaux… Chapeau vieux! Vraiment, t'as bien joué!

Désirée m'adresse un sourire neutre, puis en regardant Hugo, elle m'avoue :

— Disons que nous avons eu l'appui de certaines personnalités bien connues pour la couverture médiatique et le concours d'une spécialiste pour la mise en forme du texte. Mais tu sais, l'histoire est vraiment très bonne.

— Je n'en doute pas... Hugo a toujours su raconter les histoires et les tourner à son avantage; c'est un vrai baratineur, affirmé-je en lui ébouriffant les cheveux.

Quand je me retourne, Désirée et Ève parlent à voix basse; elles se sont rapprochées et regardent en direction du bar.

Les entrées sont servies, les bouteilles continuent d'arriver, Hugo les passe au pifomètre, les goûte, puis revient à la charge. Ses singeries m'ayant largement ouvert la porte, je demande à Désirée : «Alors! Tu l'as rencontré où cet énergumène?» Elle me regarde comme si je venais de commettre une grave indiscrétion et répond : «En République dominicaine... Hugo était barman de l'hôtel où je passais mes vacances...» La soupe passe mal, je m'étouffe un peu et dit : «Barman dans une station balnéaire, ben ça alors! Tu as dû trouver là-bas asez de matériel pour alimenter ton prochain roman! La plage, le soleil, les touristes esseulées... Toujours les mêmes qui ont du bol!»

Soudain Hugo semble décrocher et se tourne vers Ève. J'en profite pour cuisiner un peu Désirée au sujet de l'article qu'elle prépare sur le festival, pas moyen d'obtenir de réponse concise. Elle m'entraîne sans cesse vers la poésie, déclamant de mémoire des vers d'auteurs dont j'admire les œuvres. Nous entamons une longue conversation qui déborde en tout sens; je suis aux anges, car je n'ai pas souvent l'occasion de rencontrer des femmes d'une telle érudition.

Ève et Hugo, que la culture poétique de Désirée laisse de marbre, s'entretiennent entre eux sans s'approcher des flammes qui alimentent le brasier sur lequel Désirée et moi soufflons. Au fur et à mesure que progresse ce dîner, j'ai le sentiment de récupérer une certaine dignité perdue. Le repas est excellent, le vin coule à flots et en une telle compagnie, ma foi, la soirée prend une tournure fort agréable.

Ève et Désirée évoquent le nom d'îles lointaines, de plages exotiques. Elles ont l'air de se confier des secrets à voix basse entre des éclats de rire cristallins.

— Si vous n'y voyez aucun inconvénient, nous allons nous repoudrer le nez! nous signale Désirée en prenant Ève par la main.

Hugo persiste à réinscrire le réel dans la fiction. Il me confie qu'il croit enfin avoir rencontré la femme de sa vie! Je balaie l'air du revers de la main et lui rappelle que celle-là, il me l'a déjà servie. Il y eut d'abord Martine, ensuite Céline, et enfin comment se nommait-elle déjà… Ah, oui! Nous l'avions surnommée Cunégonde… Il insiste; Désirée est différente… Je suggère que depuis ces quinze dernières années, le connaissant, il a dû en avoir une sacrée collection de femmes de sa vie. Il réitère que Désirée est différente, qu'elle possède des dons exceptionnels.

— Va raconter ça à quelqu'un d'autre, dis-je, car si une femme avait le moindre don ou le moindre bon sens, elle te fuirait comme la peste.

Ça ne le fait pas rire! Il prend son air le plus sérieux… J'en profite pour commander quelques digestifs et les cafés. Il n'est à peine que vingt-deux heures et la salle se vide rapidement. Les serveuses desservent, nettoient les tables, éteignent les lampes à l'huile. Les clients désertent peu à peu les lieux.

Suzanne qui vient de terminer son service affirme qu'à cause de l'ouverture officielle du Festival les restaurants se vident relativement tôt. Elle me dit : «Je vais rejoindre les filles en bas.»

Hugo refuse les desserts. En revanche, il recommande de l'armagnac. Je considère que nous avons largement notre dose, mais m'abstiens de jouer les trouble-fête. Lorsque les femmes souriantes et en pleine forme se réinstallent à notre table, Hugo dévisage Désirée qui, sans un mot, lui tend son poudrier. Il me regarde d'un air entendu : «Tu viens! faut que je te parle.»

Nous amorçons la descente des escaliers vers les toilettes, haut lieu de nos retrouvailles, tels de vieux ivrognes. Je m'agrippe à la rampe de toutes mes forces, réussissant tout de même à arriver au bas de l'escalier sain et sauf, alors que Hugo s'étale de tout son long.

Je m'appuie d'abord des deux bras sur le mur au-dessus de l'urinoir. Pendant que derrière le mur des toilettes Hugo me chuchote : «Adam! vient par ici! Psitt!... Eh Adam!» Que peux-tu bien me vouloir mon cascadeur bien aimé? «Quoi?», lâché-je à bout de patience. Mon état ne me permettant guère de me battre encore plus longtemps, je le suis, verrouillant la porte derrière moi. Hugo est en train d'ouvrir le poudrier que lui a remis sa copine. Il commence à écraser méthodiquement sur le petit miroir quelques cailloux à l'aide d'une lame de rasoir, puis avec un bout de paille, il sniffe son truc.

— T'en veux pas? me demande-t-il.

— Non, non, une ligne d'héro et je meurs sur-le-champ, j'ai pas touché à ça depuis dix ans!

— Mais non! Gros malin, c'est d'la coke!

— Non, vraiment, là! Je ne peux pas!

Il me prend par les épaules et essaie de m'imposer son point de vue : «Bien sûr, que tu peux! Ça va te faire du bien, tu vas retrouver ta forme! Plus que Désirée, plus que tous les correcteurs du monde, c'est là que réside le secret de ma grande réussite.» Il m'emballe un cailloux rose dans un bout de papier et le glisse dans la poche de ma veste. «Maintenant que je t'ai retrouvé, tu ne me feras plus faux bond! Promis?»

Dans la salle vide, nos amoureuses s'en donnent à cœur joie mordant allègrement dans de gigantesques morceaux de gâteau au chocolat. Suzanne et Ève affichent une complicité qui ne me laisse plus de doute quant à leur degré d'intimité… Je ne peux m'empêcher d'anticiper tous les bienfaits que nous pourrions tirer de ce triangle… Je suis fin saoul.

Je palpe le fric dans ma poche. Je commande des whiskys ainsi qu'une bouteille de champagne, rien que pour la frime...

Cet ouvrage
publié par Balzac - Le Griot éditeur
a été achevé d'imprimer
le 20e jour de septembre
de l'an Mil cent quatre-vingt-dix-neuf
sur les presses de
Marc Veilleux imprimeur
à Boucherville